Ni l'arme
Ni larme

Jean Pascal CAUSSARD

Édition : BoD - Books on Demand, info@bod.fr
Impression : BoD – Books on Demand, In de Tarpen 42,
Norderstedt (Allemagne)

Impression à la demande
ISBN : 978-2-3225-0086-4
Dépôt légal : octobre 2023

Conception et réalisation de la couverture : JP Caussard

Contact : jpcaussard@gmail.com
Facebook : Jean Pascal CAUSSARD - Auteur

CHAPITRE 1 - Mort d'un dealer sur les docks   1

CHAPITRE 2 - Mort du patron d'une boite de nuit   23

CHAPITRE 3 - Mort du vigile d'une boite de nuit   35

CHAPITRE 4 - Mort du gérant d'une casse auto   55

CHAPITRE 5 - Quatre meurtres sans armes   69

CHAPITRE 6 - Quatre meurtres sans preuves   79

CHAPITRE 7 - L'arme sans larme   101

CHAPITRE 1 - **Mort d'un dealer sur les docks**

3 novembre

Bureau du Commissaire Perrini

Comme à son habitude Le commissaire Perrini débarqua à 7h, il se rendit directement au bureau du lieutenant Maxime Balma. Celui-ci, le visage fatigué et les traits tirés par une épuisante nuit de travail, fit son rapport à son supérieur : deux rixes, l'une devant une boite de nuit, l'autre dans un bar mal famé des quartiers chauds du centre-ville, quelques pauvres types trouvés en état d'ivresse sur la voie publique, des prostituées ramassées pour des faits de racolage, des agressions, des bagarres, des vols à l'arracher, un car-jacking, trois ou quatre cambriolages... S'en suivait la liste des personnes interpelées par la BAC et notamment de celles qui passeraient devant un juge en comparution immédiate, le jour même. La litanie des méfaits des huit dernières heures était longue, mais rien d'anormal pour ces policiers ; cela constituait malheureusement le train-train habituel au commissariat central de Marseille.

Il en était ainsi dans toutes les citées portuaires, en particulier celles donnant sur la Méditerranée, les nuits étaient livrées aux prostituées, à leurs macs, aux dealers, aux alcooliques, aux camés, aux sans-papiers, aux magouilleurs en tous genres... et à tous les paumés de la vie. Rares étaient les noctambules qui ne cherchaient qu'à s'amuser sainement. C'était le lot quotidien ; et encore, les flics mangeaient-ils leur pain blanc en cette saison car, avec l'été, la ville voyait débarquer une "faune" venue de toute la France, et d'une partie de l'Europe de l'Est, pour profiter de la manne que constituaient les touristes distraits, crédules ou imprudents et, plus accessoirement, du soleil, de la mer, de la plage, des terrasses de café et de la beauté de Vieux-Port, de la Bonne Mère et des calanques qui parsèment la côte.

Aussi, les seuls événements qui attiraient vraiment leur attention étaient les affaires de meurtre, non pas par curiosité morbide, mais parce qu'on allait leur demander des résultats rapides. En haut lieu, on n'appréciait pas du tout cette publicité négative pour la région et la ville en particulier. C'était mauvais pour le tourisme et le commerce, d'autant que la municipalité tentait de faire de la cité phocéenne, une escale pour les gigantesques paquebots de croisière qui sillonnaient la méditerranée et déversait dans les ports élus, un flot de vacanciers argentés.

La seconde raison à cet attrait pour les crimes et, il faut bien le reconnaître, probablement la principale, était qu'ils préféraient enquêter sur le terrain, plutôt que de devoir taper des tonnes de rapports, enfermés à deux dans les 10 m² d'un bureau sombre, pour de simples histoires de vols à l'arraché de portables ou de sacs à main, de petits cambriolages, d'agressions verbales ou physiques, dont on ne recherchait pas les auteurs faute de temps et de moyens. Et lorsqu'ils tombaient sur l'un d'eux plus ou moins par hasard, ils pensaient au monceau de formulaires, de notes internes et autres tracasseries administratives qu'ils devraient traiter, classer, photocopier, transmettre… pour un dossier qui finirait sans suite. Alors il relâchait le quidam, non sans lui avoir fait, au préalable, un sermon sans utilité, mis à part celle d'avoir bonne conscience.

Le commissaire Perrini prit rapidement connaissance des procès-verbaux, des comptes-rendus d'interrogatoires et de la pile de paperasse qui l'attendait, puis se tourna vers l'inspecteur.
- C'est tout ce qu'on a à se mettre sous la dent aujourd'hui ?
- Non, je t'ai gardé le meilleur pour la fin ; sinon, tu n'aurais même pas jeté un coup d'œil au reste.

Le regard de Perrini s'éclaira imperceptiblement, il releva les yeux, enleva ses lunettes, se cala dans son fauteuil et attendit que son interlocuteur se décide enfin à mettre un terme au suspense.

- Alors, tu accouches ou non ?

Balma lui tendit une feuille dactylographiée.

- Tiens, ce n'est pas grand-chose, mais je n'ai rien de mieux à te proposer.

Perrini attrapa le document que son adjoint lui présentait et lut. Il s'agissait d'un constat préliminaire d'intervention de l'équipe de nuit, qui se résumait à quelques courtes phrases :

"Intervention suite à appel du gardien de la zone des bâtiments du côté ouest du port de commerce de Marseille. Individu découvert mort à proximité de l'entrepôt 64A. Les papiers et documents trouvés sur le cadavre sont au nom de monsieur Ahmed El Ouari, domicilié à Marseille, dans le quartier de la Castellane.

Le motif de l'agression ne semble pas être le vol puisqu'il y avait dans ses poches : 240 euros en liquide (neuf billets de 20 € et six de 10 €). Les bijoux n'ont pas été dérobés non plus : une bague et une grosse chaîne en or ainsi qu'une montre de marque Festina. On pourrait être en présence d'un dealer vu la quantité de cannabis (environ 100 g) et de cocaïne (dix-huit sachets) qui se trouvaient toujours dans une petite sacoche qu'il portait en bandoulière.

Aucune arme sur place. Très importantes ecchymoses à la tête, plaie à l'abdomen, écoulement de sang très abondant. Bouche bâillonnée, pieds et mains attachés avec du ruban adhésif. Pas de témoin. Officier de prise en charge : lieutenant Balma".

Le cas attira immédiatement l'attention du Commissaire Perrini :

- Un meurtre sans vol, voilà qui est intéressant et pas banal.

- Ouais ! Tout se trouvait encore sur place : papiers, carte bleue, argent liquide, ainsi que la came…

- Pas d'arme sur lui ?

- Non, rien, même pas un canif.

- On a une idée de l'heure à laquelle il a été refroidi ?
- Entre 5h30 et 6h ; le gardien de nuit de cette partie des docks a commencé sa ronde à 5h, il est passé devant l'entrepôt 64A environ trente minutes plus tard et les équipes de nettoyage de la ville ont découvert le macchabée à 6h. Ils ont immédiatement alerté la sécurité.
- Les horaires sont fiables ?
- Oui, le vigile effectue toujours le même trajet toutes les deux heures. De plus, il doit pointer, avec sa carte magnétique, à des bornes le long de son parcours de surveillance ; elles enregistrent son code personnel et l'heure. On vérifiera tout ça auprès de la boite de sécurité mais, il y a peu de chance que le gars ait menti, il sait que ses déplacements sont tracés. Quant aux employés municipaux, ils nettoient ce coin-là tous les deux jours et à la même heure, à quelques minutes près. On a enregistré leur appel au central de Police Secours à 6h08.
- Des horaires quotidiens réguliers, voilà qui est pratique pour quelqu'un qui serait venu repérer les lieux, et les allées et venues, les jours précédents... Une signature ?
- Non. En tout cas rien d'apparent ! Pas de marque sur le corps comme les scarifications qu'avait le macchabée de la semaine dernière, pas de balle dans la nuque, pas de tag ni d'inscription, à proximité. C'est pas un mode opératoire connu, rien qui ressemble à du déjà vu par ici.

Perrini réfléchit à voix haute :
- Soit on a affaire à une nouvelle équipe, soit les gars ont été dérangés avant d'en avoir fini.
- Tu penses à une guerre des gangs pour contrôler une zone d'influence ?
- Oui et non, je ne sais pas trop. S'il y avait eu une signature, c'est ce qui me serait venu immédiatement à l'esprit, mais il n'y a rien apparemment. Si ça avait été pour piquer un territoire, ils auraient laissé une trace pour bien montrer que, dorénavant, "ici" c'est chez eux et que toute personne qui s'y risquerait sans "autorisation" subirait le même sort.

Il fit une courte pause avant de reprendre :

- Mais en y réfléchissant, je ne crois pas non plus que les tueurs aient été dérangés. Ils ne lui sont pas tombés dessus pas hasard et il suffisait de venir en repérage à l'avance, pour être sûr de disposer de trente minutes pour agir. En se réservant un peu de marge, ils pouvaient attendre dix minutes que le gardien se soit éloigné, ça leur laissait dix minutes pour descendre le type et le dépouiller, tout en conservant dix autres minutes de battement avant l'arrivée de l'équipe de nettoyage. On va patienter jusqu'à ce que les gars du labo soient passés, peut-être qu'ils auront trouvé quelque chose. Tu as le pédigrée du gus ?
- Ahmed El Ouari, 22 ans, né à Marseille, dealer notoire à la Castellane depuis l'âge de 16 ans, puis dans le secteur des docks depuis quelques mois. Condamné à trois reprises pour trafic de stups, la dernière fois il a écopé d'un an ferme et un second avec sursis, sorti de la prison des Baumettes il y a quatre mois. Je te passe les détails : quelques bagarres, plusieurs vols de voitures, vente illégale de cigarettes.

Perrini siffla entre ses dents.

- Eh bien, il n'a pas perdu de temps on dirait ; il a vite réintégré sa place dans le petit monde de la came. De la famille ?
- Ses parents habitent Marseille, un frère de 14 ans sans problèmes et une petite amie qu'il ferait tapiner. Elle aussi est fichée pour racolage et détention de stups. Il semble qu'elle en revende à ses clients, mais on n'a jamais pu localiser la planque de sa marchandise, donc la juge a considéré que le paquet trouvé sur elle ne correspondait pas à du deal, mais à sa consommation personnelle…
- On sait où il s'approvisionnait ?
- Il fait partie du réseau algérien des quartiers nord, mais on n'a jamais pu le choper en flag avec de grosses quantités. À peine de quoi le faire tomber quelques mois, pas plus. La dernière condamnation est plus lourde car il était en récidive et sous le coup d'un sursis.
- Tu as envoyé les échantillons de came au labo ?

- Ouais, tu ne recevras les résultats qu'en fin de journée de demain ; les gars ont la tête dans le sac. Les stups ont gaulé un "go fast" sur l'A7, avec pas loin de cent cinquante kilos de marijuana, presque autant de résine de cannabis et un bon paquet de pilules d'ecstasy. Le tout planqué dans les portières, dans le coffre et dans une cache aménagée sous le châssis. Mais, faut pas rêver, les résultats des tests ne nous apprendront pas grand-chose, à part la quantité exacte de came et sa provenance qu'on connaît déjà.

Perrini, fidèle à ses habitudes, prenait des notes sur son petit calepin.

- Des caméras de surveillance dans le coin ?
- Non, pas dans cette partie des docks ; c'est sûrement ce qui explique qu'il trainait par là. Je suis pratiquement certain qu'il tenait boutique quotidiennement à cet endroit.
- Le corps ?
- Au frigo chez les légistes. Tu auras les résultats dans la journée s'ils ne reçoivent pas d'arrivage prioritaire entre temps…
- Merci Max. Tu rentres pioncer ?
- Ouais, c'est ma troisième nuit de garde d'affilée, je suis de repos pendant quarante-huit heures. Je me tire rapido ; j'espère être chez moi à temps pour embrasser ma femme et mes gosses avant leur départ pour l'école.
- Alors, à après-demain. Salut.

Balma attrapa son blouson et son sac à dos et fila précipitamment. À peine, son adjoint avait-il franchi la porte que le cerveau de Perrini commençait à mettre en place les morceaux du puzzle. Mais pour le moment, les quelques pièces qui s'emboîtaient ne représentaient rien de concret. Il aurait bien laissé cette affaire de côté, après tout, ce n'était qu'un crime de truand parmi d'autres, mais une petite lumière s'était allumée dans sa tête, et il s'était toujours fié à son instinct avec, il faut le signaler, une certaine réussite. Chose assez courante quand on a bossé trente ans dans la police… D'autant qu'il avait entamé sa carrière en bas de l'échelle et en avait gravi les échelons un à un, non pas en passant les concours internes, mais uniquement grâce à son efficacité et à la qualité de son travail.

Il avait débuté comme simple flic dans un commissariat de quartier, à l'époque où l'on avait commencé à déployer ce qu'on appelait une police de proximité. Ses bons résultats au concours d'entrée dans la Police Nationale lui avaient permis de choisir son affectation parmi la longue liste des postes à pourvoir. Originaire de Marseille, il avait jeté son dévolu sur la seule proposition existante sur cette ville. Pratiquement toutes les autres se situaient sur Paris, plus précisément dans sa banlieue. Il fallait passer par ce purgatoire avant d'avoir la chance d'obtenir une nomination plus en adéquation avec ses désirs. La Police Judiciaire, les stups et la mondaine n'étaient pas accessibles aux débutants ; pas plus que les villes du sud de la France. On devait avoir fait ses preuves avant de pouvoir demander à y être muté. Cela prenait entre dix et vingt ans, et Perrini ne s'était pas senti le courage d'attendre tout ce temps avant de retrouver sa chère ville de Marseille ; d'autant que toute sa famille était toujours installée dans la région.

Il avait eu la chance d'exercer sous les ordres du Commissaire Principal Pierre Renucci, un Corse, très proche de ses collaborateurs et qui savait détecter les talents et les vocations. Si bien que quelques années plus tard, il était passé inspecteur sans avoir à quitter Marseille. Il avait eu droit aux quartiers nord, les plus durs, mais comme lui avait dit Renucci : tu apprendras bien plus là-bas que n'importe où ailleurs. On n'y trouve pas que du menu fretin, et c'est le terreau de tous les trafics et de toutes les magouilles de la ville. Les gros poissons, ceux que l'on espère faire tomber un jour, prospèrent sur leur dos ; telle de la mauvaise herbe poussant sur un tas de fumier.

Il était ensuite passé par les stups et la mondaine. La drogue et la prostitution, les deux activités illégales les plus rentables qui soient. Renucci avait précisé : on y gagne rapidement d'importantes sommes d'argent sans que cela dérange qui que ce soit en dehors de la police. La majorité des gens se foutent complètement des camés qui crèvent à petit feu dans un squat, une cage d'escalier ou un studio minable et délabré ; et encore plus du sort des filles de l'Est ou en provenance d'Afrique noire, qu'on frappe et qu'on drogue de force jusqu'à obtenir des tas de chair humaine qu'on donne en pâture à tous les détraqués sexuels de la ville. Après ça, soit tu demanderas à aller à la Crime en espérant mettre la main sur les salauds qui en ont fait leur profession, soit tu opteras pour un bureau de la brigade financière, ou chez les "bœufs-carotte" si tu n'arrives plus à supporter la vision de ces horreurs.

Après dix années passées dans les bas-fonds de la ville, à chasser les dealers et les proxénètes, dont beaucoup exerçaient ces deux activités en parallèle, il s'était soudain senti comme un plongeur en manque d'oxygène ; soit il parvenait à remonter à la surface, soit il y laissait sa peau. Il avait éprouvé le besoin de respirer. Il ne supportait plus ce qu'il voyait au quotidien et encore moins le sentiment d'inutilité qu'il ressentait au vu des résultats de son travail. En effet, au moins la moitié des délinquants qu'il contribuait à arrêter, après plusieurs semaines ou mois d'enquête, de traque et de planques, se retrouvaient en liberté quelques jours plus tard. Les flics chopaient les méchants, les juges et les avocats les remettaient dehors ; certains de ceux à qui il avait passé les bracelets se permettaient même de le narguer lorsqu'ils le croisaient. Il était las de tout ça et, psychologiquement, ne le supportait plus. Il avait opté pour la brigade financière, ses bureaux feutrés, ses truands en costume-cravate et ses délits sans effusion de sang.

Il y avait travaillé quatre ans, découvrant d'autres activités et surtout d'autres méthodes d'investigation. Ici, on traquait des mouvements de fonds, des investissements, du blanchiment, en restant à bonne distance de la dure réalité et des horreurs du terrain. On pêchait aussi en eaux troubles, mais on ne ciblait que les gros poissons. Dès qu'il eut effectué le tour des techniques utilisées, appréhendé les liaisons entre les petits trafics et ceux qui en profitaient plus largement, puis compris comment fonctionnait l'ensemble de l'organisation de la truande, il avait demandé à Renucci de revenir à la criminelle.

Ce dernier avait été surpris, car il était beaucoup moins courant de faire le chemin dans ce sens, que l'inverse. En effet, rares étaient ceux qui souhaitaient abandonner les bureaux confortables et aseptisés de la brigade financière pour retourner dans les bas-fonds sordides de la délinquance ordinaire. Cela avait valu à Perrini du mépris de la part de certains, mais la reconnaissance du Commissaire Principal qui était devenu entretemps le grand responsable de la police des Bouches-du-Rhône. Perrini avait été promu Commissaire quelques mois avant que son mentor ne quitte lui-même la région pour un poste au Ministère de l'Intérieur.

Son passage à la Financière avait agi comme un révélateur ; il avait acquis la certitude qu'il était un instinctif, pas un scientifique. Il avait besoin d'être sur le terrain, au contact direct avec la réalité. Traquer des détails dans des transactions était beaucoup moins passionnant qu'une enquête dans la rue. Il revenait là où il pensait être le plus efficace, où il donnait sa pleine mesure. Il fonctionnait au "feeling", il sentait les choses. Souvent, c'était lui qui découvrait la faille dans une enquête, le petit détail qui n'allait pas avec le reste. On le disait également redoutable lors des interrogatoires. Il affichait un air bonhomme de bon père de famille et ses interlocuteurs, pourtant rompus eux aussi à ce type d'exercice, se laissaient endormir, se montraient moins concentrés face à ce gars d'apparence tranquille et un peu lourdaude. Ils ne repéraient pas la question anodine, mais insidieuse, qui allait les faire tomber. Son aspect placide, bien que non calculé, se révélait un piège dans lequel bon nombre s'étaient fait prendre et ils finissaient par lâcher des informations sans même en avoir conscience. Il avait conservé les bonnes vieilles méthodes, hermétique aux nouvelles technologies mises à sa disposition ; en contrepartie, il avait développé une excellente mémoire. Il possédait la capacité de détecter la plus petite erreur dans le scénario quasi parfait que lui proposait son interlocuteur.

Présentement, il y avait un morceau qui ne collait pas avec les autres : l'absence de vol. Si l'agression avait été crapuleuse, l'argent et les bijoux auraient disparu, si ça avait été une guerre de territoire entre dealers, ils l'auraient tué avec une arme à feu et la drogue se serait évaporée aussi. La bonne nouvelle, c'est que ça faisait un escroc de moins dans la rue ce matin ; la mauvaise, c'est que le trafic de came, comme la Nature, ayant horreur du vide, il serait remplacé avant demain ; il abandonnait un fonds de commerce juteux qu'il ne fallait pas laisser en déshérence. Le jour même, il y aurait des clients en état de manque à la recherche de leur dose quotidienne et l'information se répandrait vite. Il y avait de fortes probabilités pour que ce soit un de ses amis, voire un membre de sa famille, qui reprenne ses activités. Dans ce type de négoce, la période de deuil était extrêmement courte. Les affaires passaient avant tout.

Mort d'un dealer sur les docks

Extraits du casier judiciaire d'Ahmed El Ouari

Nom	EL OUARI
Prénom	Ahmed
Âge	25 ans
Lieu de naissance	France
Père	Mohammed El Ouari
Mère	Fatima Hamram

Condamnations
Six mois de prison, dont trois mois avec sursis, pour coups et blessures
Deux mois pour conduite sous l'emprise de stupéfiants
Six mois pour vol avec violence
Vingt-quatre mois, dont douze avec sursis pour détention et trafic de stupéfiants

Affaires en cours
Inculpation pour trafic de stupéfiants en bande organisée, laissé en liberté sous surveillance judiciaire, dans l'attente de son procès

Divers
Inculpé pour meurtre et viol en réunion, relaxé pour vice de procédure

Mort d'un dealer sur les docks

4 novembre

Journal Le Quotidien de Marseille

Le corps sans vie d'un jeune homme a été trouvé ce matin, près des entrepôts du port de Marseille. Il était bien connu des services de police pour différentes infractions et avait déjà été condamné à des peines de prison ferme pour détention et trafic de stupéfiants. Il n'avait été libéré que depuis quelques mois. Compte tenu de ses antécédents, il est tentant de penser qu'il s'agit probablement d'un assassinat : un règlement de compte entre dealers.

L'article, ou plutôt cet entrefilet avait été écrit par un de ces journalistes qui trainent la nuit dans les commissariats. Ceux-ci écoutent les conversations, discutent avec le planton de service et pondent quelques lignes pour l'édition du lendemain… pour peu qu'il y ait des trous à boucher sur la page consacrée aux faits divers.

Mort d'un dealer sur les docks

5 novembre

Rapport du médecin légiste (extraits)

Perrini venait de recevoir le rapport par mail, il passa rapidement sur les premières lignes qui étaient "réglementaires", mais ne lui apportaient aucune information pour son enquête.

"… la date et l'heure du décès sont confirmées…

Alcoolémie mesurée à 1,5 g par litre de sang et des traces de consommation récente de cannabis et autre drogue (à déterminer par analyse ultérieure)…

Forte contusion sur l'arrière du crâne, susceptible d'avoir entrainé une perte de connaissance…

La mort est due à la perforation de l'abdomen à l'aide d'un objet pointu, de forme conique et allongée (pieu ou lance), aux bords lisses.

L'arme a pénétré d'une vingtaine de centimètres, touchant le foie. La mort n'a pas été immédiate comme le démontrent la très importante perte de sang…

Le corps a de toute évidence été arrosé avec de l'eau, post mortem. On en a découvert des traces dans la plaie et diluée avec le sang prélevé sur la chaussée…

Aucun résidu provenant de l'arme n'a été retrouvé sur l'intérieur des plaies…

Aucun signe particulier : pas de tatouage, pas de marques post mortem…

L'homme semble s'être défendu vu les entailles assez profondes laissées sur ses poignets par le ruban adhésif, aucun autre stigmate de coups portés, pas de peau ni de sang sous les ongles…

Des prélèvements de sang, de cheveux et de poils seront effectués sur les vêtements afin de rechercher d'éventuels éléments n'appartenant pas à la victime elle-même…

Le même ruban adhésif a été utilisé pour lui attacher les pieds et le bâillonner, il s'agit d'un modèle très courant, vendu en grandes surfaces ; il ne comporte aucun indice, pas d'empreinte"

Hors rapport, le légiste avait ajouté :
"Désolé vieux, mais il n'y a rien de bien intéressant sur ton cadavre. Je ne parviens pas à déterminer l'arme du crime. Si ç'avait été un pieu en bois ou en métal, j'aurais sûrement trouvé des résidus, mais là, rien de rien ! Ton gars avait picolé et avait dû se faire quelques pétards dans la soirée. À+"

Perrini n'aimait pas ça ! Les morts avaient toujours quelque chose à vous raconter ! L'arme du crime, un cheveu, un morceau de peau ou de vêtement de l'agresseur. Il y avait à minima une trace de la présence du meurtrier. Mais pour le moment, on était passé à côté de ces indices…

Les équipes sur le terrain avaient bien relevé des empreintes de chaussures n'appartenant pas à la victime, mais la pointure était du 43 ou 44 et le dessin de la semelle correspondait à celui de chaussures de sport vendues à plusieurs milliers d'exemplaires par plusieurs grandes surfaces de la région. On pourrait éventuellement confondre le meurtrier si l'on en découvrait des identiques chez lui, mais pour cela il fallait d'abord le trouver.

- Il n'y a même pas le commencement du début d'un indice, s'exclama-t-il à haute voix pour lui-même. Bon Dieu, il y a obligatoirement quelque chose !

Il allait devoir attendre que ses équipes aient farfouillé dans les affaires et le passé de la victime… Il mourrait d'envie de s'y atteler lui-même, mais toutes ces recherches se faisaient dorénavant grâce à l'informatique et il avait une aversion pour ce qu'il appelait une "télé branchée sur une machine à écrire". Il n'arrivait pas à comprendre comment tout cela fonctionnait, ou plutôt, il s'y refusait, car cela constituait la négation même de ses méthodes de travail. Cette répulsion était une des raisons qui l'avait incité à quitter la section financière. Ses ex-collègues prenaient du plaisir à croiser des fichiers de données à longueur de journée, lui préférait le bon vieux papier.

À cette époque, au cours d'une réunion consacrée à un gros dossier et alors que chacun faisait un point sur ses propres avancées, une jeune policière avait cité le nom d'une société.
- La SCI Le Chevalier pourrait servir de plateforme de blanchiment ; j'ai une anomalie comptable entre les entrées et les sorties d'argent vers les sous-traitants. Je me demande…
- Vous avez dit Le Chevalier ? s'était exclamé Perrini.
- Oui, c'est bien ça. Mais je n'ai pas trace de lien formel avec les personnes qui nous intéressent.
- Il y en a un pourtant ! L'un de leurs numéros de téléphone figure dans la longue liste des appels passés par notre cible.
- J'ai fait une recherche dans les datas les plus récents et je n'ai rien trouvé de tel.
- Il n'y a eu qu'une seule conversation, mais elle a duré presque deux heures ; c'est d'ailleurs ce qui a attiré mon attention. Vous avez consulté des sources trop récentes justement, la ligne a dû être résiliée. Dans les documents d'origine, elle était identifiée comme appartenant à votre fameuse SCI.
- Et vous vous souvenez de ça ? On a épluché ces listings il y a plusieurs mois déjà.
- C'est l'avantage qu'il y a à les lire soi-même. Ce sont vos ordinateurs qui le font pour vous, mais ils n'ont pas la capacité de déduction d'un être humain et ils ne participent pas à nos réunions de travail.
- Mais, ils nous permettent de gagner du temps !

- En l'occurrence, ils vous auraient fait perdre une piste intéressante et peut-être une preuve. A vouloir aller trop vite, on passe à côté de l'essentiel.

Cela n'avait eu pour effet que de le conforter dans son mode de fonctionnement. On ne se refait pas du jour au lendemain et encore moins à son âge.

Mort d'un dealer sur les docks

10 novembre

Bureau du Commissaire Perrini

Rien ! Il n'avait rien !

Perrini était furieux. À l'extérieur, rien ne transparaissait, mais à l'intérieur de lui-même, ça bouillait. Il ne supportait pas qu'une enquête lui résiste. Il savait qu'il était passé à côté de quelque chose, mais il ne parvenait à déterminer ni où, ni quoi. Il avait lu et relu les rapports dont il disposait, mais n'avait rien découvert de tangible.

Cela faisait maintenant une semaine qu'il se trouvait avec un cadavre sur les bras, mais pas l'ombre d'une piste sur l'auteur du crime. On n'avait rien déniché d'intéressant chez la victime ni dans son entourage ! En tout cas, aucune information qui puisse constituer le point de départ de ses recherches. Il y avait bien eu une perquisition en règle à son domicile, mais aucun élément n'avait permis de faire avancer l'enquête. L'argent liquide, le haschich, la cocaïne et le crack trouvés dans son appartement confirmaient son job de dealer. Son portable et son ordinateur avaient "parlé", mais ne disaient rien d'autre que ce qu'on savait déjà sur ses activités et notamment sur ses relations avec un certain Martino. Ce dernier était lui aussi bien connu des services de police. Il avait trempé dans tous les types de commerces illicites existants. Les mails échangés entre eux étaient à double sens, et s'ils pouvaient être facilement décodés, par les flics qui étaient habitués à cet exercice, ils ne pouvaient en aucun cas constituer des éléments de preuve aux yeux de la justice. Correspondre par messagerie électronique avec un truand ne faisait pas de vous un malfaiteur ; enfin pas toujours...

La fouille de sa voiture n'avait eu d'intérêt que pour le chien de la brigade des stups, appelée à la rescousse. Eux seuls étaient capables de dénicher les caches aménagées dans un véhicule. Il avait passé plus d'une demi-heure à renifler tous les coins et les recoins impossibles et inimaginables, et à agiter la queue et aboyer pour attirer l'attention de son maître, indiquant de cette façon qu'il y avait, ou plutôt, qu'il y avait eu des stupéfiants. On n'y trouva rien, mis à part la conviction que l'engin était utilisé régulièrement pour transporter de la drogue. Quelques tickets de parking et des reçus de péage de l'autoroute A9 étaient venus confirmer qu'il s'approvisionnait à la Jonquéra, après la frontière espagnole, ou à Montpellier plaque tournante du trafic de cannabis en provenance du Maroc via l'Espagne.

Le positionnement de son portable, effectué grâce aux antennes relais de l'opérateur de téléphonie, prouvait sa présence devant l'entrepôt 64A à partir de 5h35. Le dealer avait donc bien été tué sur place. Perrini le savait déjà, mais il pouvait maintenant mettre cette information dans la case des certitudes. Le meurtrier avait disposé par conséquent de vingt-cinq minutes de tranquillité pour commettre son crime, la thèse du voleur dérangé ne tenait pas. Par contre, en interrogeant sa famille, et un indic qui habitait dans un immeuble voisin, on avait appris que ce n'était pas dans ses habitudes de se lever si tôt. En général, il terminait son "petit commerce de nuit" vers une heure du matin, rentrait directement chez lui et dormait jusqu'à 10 heures. Il ne devait donc pas se trouver en ce lieu par hasard. Sa présence à cette heure-là signifiait qu'il avait un rendez-vous d'affaires, peut-être pour une livraison.

Le quartier était idéal en termes de discrétion et l'on n'y venait pas fortuitement, surtout à une heure aussi tardive. Une équipe avait passé la soirée et le début de la nuit en planque sur place, espérant dénicher un témoin ou un habitué du coin qui aurait pu apercevoir ne serait-ce que la silhouette du meurtrier. Mais elle ne rencontra pas âme qui vive, pas même un animal errant… Déjà qu'en temps normal, on ne devait pas s'y bousculer, mais avec cette histoire d'assassinat, les quelques quidams, qui d'ordinaire faisaient ici leurs "petites affaires", avaient trouvé un endroit mieux fréquenté et moins surveillé.

Perrini souriait à chaque fois qu'il pensait aux voitures banalisées utilisées pas ses collègues sur le terrain. Tous les truands de la ville connaissaient par cœur la marque, le modèle et la couleur de chacune d'elle. Il y a quelques années, il avait même découvert, peint sur un mur des quartiers nord, la liste des numéros de leurs plaques d'immatriculation. L'organisation y était parfaite. À chaque point d'entrée de la ZUP, il y avait un poste d'observation tenu par les plus jeunes, des gamins de 10 à 15 ans, équipés de jumelles.

Tout véhicule, que ce soit une moto, une voiture ou une camionnette, qui se présentait aux abords de la cité était immédiatement identifié. En cas de doute, ils comparaient sa plaque minéralogique à celles de la liste. Si elle y figurait, l'alerte était donnée dans la seconde. Les parkings, les espaces verts et les cages d'escalier se vidaient alors instantanément de toute personne ayant quelque chose à se reprocher ; autrement dit, la quasi-totalité de celles qui y trainaient dans la journée.

Si la plaque n'était pas répertoriée, d'autres petits durs allaient sur place pour se renseigner sur l'identité de ses occupants. La voiture était immobilisée, aussitôt entourée de jeunes en scooters et il fallait monter "patte blanche" pour être autorisé à poursuivre son chemin. Et encore, le véhicule était-il escorté jusqu'à son point d'arrivée. Un médecin, appelé d'urgence pour un malaise cardiaque, avait dû négocier pendant plusieurs longues et précieuses minutes avant d'obtenir un laissez-passer pour se rendre au chevet du malade. Il avait été obligé de montrer des documents justifiant de sa qualité professionnelle, puis de donner le numéro de l'immeuble et le nom du patient ; les jeunes s'étaient rendus sur place pour vérifier ses dires. Alors seulement, il fut escorté sur le trajet menant à l'entrée du bâtiment, où il fut pris en charge par d'autres petits durs qui l'accompagnèrent jusqu'à la porte de l'appartement concerné.

Mort d'un dealer sur les docks

S'il s'agissait d'une voiture de police non encore identifiée, des ados faisaient gentiment la causette aux flics, pendant que d'autres faisaient circuler l'information. Dans tous les cas, le résultat était le même à chaque visite sur place, on y faisait "chou blanc".

Un membre du conseil municipal avait déclaré, pour des raisons électoralistes, qu'il était "insupportable que des jeunes soient dans l'obligation de vivre dans ce ghetto délabré". S'il s'était renseigné, il aurait découvert que ce qu'il qualifiait de "ghetto", n'était pas fermé de l'extérieur, mais cadenassé de l'intérieur. On n'empêchait personne d'en sortir, au contraire, c'étaient ses occupants qui en limitaient les entrées. Quant aux dégradations, elles étaient le fruit du désœuvrement et de l'abandon parental dont ces gamins étaient l'objet.

Le fils d'un ami de Perrini, journaliste débutant, avait bien tenté d'écrire un article sur le sujet. Il avait notamment interviewé des habitants qui se disaient excédés par les jeunes en déshérence qui trainaient un peu partout, salissaient tout, ne respectaient rien, trafiquaient tout ce qui pouvait l'être, de la drogue aux armes, en passant par les voitures, les scooters, les vêtements de marque et l'électroménager. Il avait ainsi constitué un dossier bien étayé, basé sur les déclarations de bon nombre de résidents. Son article, il en était persuadé, allait faire du bruit. Il changea complètement d'avis quand il découvrit que c'étaient les propres enfants de ses témoins qui sévissaient dans l'enceinte de la cité… Comble de l'ironie, lors des dernières échauffourées nocturnes qui s'étaient déroulées l'été précédent, parmi les dizaines de véhicules qui avaient été brulés, certains appartenaient à leurs parents ou amis. Il s'en était fait écho officieusement auprès de Perrini, lui demandant pourquoi ils ne mettaient rien en œuvre pour lutter contre cette situation. Le flic le lui avait expliqué en quelques phrases :
- Si une voiture de police entre dans la cité, elle est bombardée de projectiles à partir des fenêtres ; cela va de la simple pierre à la machine

à laver. Depuis quelques semaines, on assiste également à des attaques organisées, avec utilisation de cocktails Molotov et de fusil de chasse. Même les médecins de nuit et le SAMU refusent de s'y aventurer ; comme par hasard, leur véhicule se trouve en panne ou en intervention à l'autre bout de la ville quand on les appelle. Il est arrivé à plusieurs reprises que ces jeunes mettent le feu à des poubelles dans le seul but de tendre une embuscade aux pompiers venus pour l'éteindre. Du coup, si les services de secours sont dans l'obligation se rendre sur place, ils exigent une escorte policière.

- Mais pourquoi ne faites-vous pas une décente avec bouclage du quartier ?
- Si on décidait d'y mener une opération d'envergure, pour peu qu'on soit capable d'en garder le secret avant son déclenchement, on s'attirerait les foudres de tout un tas de politiques et d'associations diverses et variées. Tout ce petit monde s'insurgerait contre le harcèlement, les contrôles au faciès et la violation des droits civiques dont ces citoyens sont victimes.
- Il se passe quoi alors ?
- Afin d'éviter tous ces désagréments, la police a ordre de ne rien faire ! Il n'y a rien d'écrit, bien sûr, uniquement des recommandations verbales en provenance du haut commandement, de la mairie ou de la préfecture.

Perrini avait rigolé, un mauvais sourire lui déformant les lèvres.
- Parfois, le conseil provient directement du Ministère de l'Intérieur ; ça arrive lorsque le ministre doit faire une conférence de presse ou communiquer sur les statistiques et les résultats de son action. Les chiffres doivent toujours être meilleurs que ceux de son prédécesseur à ce poste et, si possible, que ceux du trimestre précédent, prouvant ainsi que la délinquance baisse. Alors on n'enregistre même plus les plaintes.
- Mais vos enquêtes ne donnent rien ?
- Oh que si ! Mais le pire c'est que ces jeunes qui font les imbéciles ou qui jouent les caïds dans les cages d'escaliers et sur les parkings des immeubles, on les connaît, on sait pratiquement tout sur eux. Les bons,

les récupérables comme les vrais mauvais qui finiront en tôle un jour ou l'autre si ce n'est déjà fait. On n'a le droit d'intervenir que lorsqu'ils font des conneries à l'extérieur de leur cité forteresse, que vous qualifiez de ghetto ! Et encore, à la condition que vous en parliez dans vos journaux… car chez vous aussi, il y a des personnes bien intentionnées qui mettent certains papiers à la poubelle.

Le jeune journaliste, fort dépité, renonça à son article.

CHAPITRE 2 - **Mort du patron d'une boite de nuit**

13 décembre

Journal Le Quotidien de Marseille

"Michel M., figure bien connue du grand banditisme de Marseille, a été trouvé mort, hier soir, dans une rue de la vieille ville. Ce sont des passants qui ont découvert son corps inanimé. D'après les premières constatations faites par la police, il semblerait qu'il ait été poignardé au ventre. La thèse du règlement de compte est privilégiée, compte tenu du passé tumultueux et des activités occultes de la victime."

Mort du patron d'une boite de nuit

Bureau du Commissaire Perrini

À son arrivée au commissariat, Alain Perrini savait déjà ce qui l'attendait, ses collègues l'avaient appelé à son domicile vers 23h30 la veille. Et ce matin, il avait lu l'entrefilet, publié par le Quotidien de Marseille, en prenant son petit déjeuner. Pour une fois qu'il commençait plus tard et pouvait se permettre de feuilleter tranquillement son journal avant de retourner bosser… il en avait eu l'appétit coupé et avait finalement décidé de partir travailler sur le champ. Cela lui procurait toujours une impression désagréable de découvrir ces informations dans la presse avant même d'avoir pu prendre connaissance du rapport de ses collègues. L'administration et toutes ses tracasseries faisaient perdre en efficacité et en rapidité ; les journalistes, eux n'étaient pas assujettis à ces désagréments et s'en trouvaient parfois plus efficients.

Lorsqu'il entra dans son bureau, dans le bac "Dossiers du jour", sur le dessus de la pile, figurait le dossier de Michel Martino. Pas besoin de l'ouvrir pour connaître le pédigrée de ce loustic : prostitution, racket, extorsion de fonds, coups et blessures, braquage, tentative de meurtre… Sa philosophie de vie pouvait se résumer simplement : gagner rapidement beaucoup d'argent, par tous les moyens, se faire arrêter, passer en jugement, aller en prison, sortir et recommencer.

Martino n'était pas quelqu'un qui réfléchissait ; il agissait sans se poser de questions. La seule chose à laquelle il prêtait attention, c'était de ne pas marcher sur les platebandes de ses confrères ! Il ne prenait aucune initiative qui puisse lui valoir les foudres de qui que ce soit qui appartienne au "milieu". Il demandait toujours les "autorisations nécessaires" pour gérer ses affaires ou avant d'en démarrer une nouvelle. Il payait régulièrement ses "cotisations d'assurance", ce qui lui permettait de ne jamais être importuné. Il ne débordait pas du territoire qui lui avait été concédé. Ses prix étaient, en tous points, conformes la grille tarifaire édictée par la "profession".

Mort du patron d'une boite de nuit

Et il y avait un point sur lequel il ne transigeait pas : ne jamais toucher au trafic de drogue ! On peut être un truand chevronné et respecter des principes… Même si ce n'était par charité chrétienne qu'il délaissait cette activité au combien enrichissante, mais par ce qu'il pensait qu'il y avait trop de risques. Lorsqu'on se faisait prendre, ça coutait beaucoup très cher. De plus, c'était trop dangereux, car les différends territoriaux se réglaient directement à l'arme à feu. Et puis, trop de clients mourraient, et cela attirait l'attention des flics sur vous. Il préférait de loin la prostitution et s'il touchait aux stupéfiants, c'était uniquement pour en faciliter l'accès à ses "gagneuses", qu'il faisait devenir accroc avant de les mettre sur le trottoir. Ça les obligeait à tapiner avec un peu plus de conviction : si elles ne rentraient pas assez de fric, elles n'avaient pas leur dose le lendemain et, sans cet anesthésiant, elles manquaient de motivation pour retourner au turbin. Un bel exemple de spirale descendante et de cercle vicieux, au sens propre comme au figuré.

Il était spécialisé dans les jeunes filles en provenance des pays d'Europe de l'Est, hors espace Schengen. Il y avait plusieurs raisons à cela. Tout d'abord, elles étaient généralement blondes et cela plaisait beaucoup à sa clientèle, ensuite, lorsqu'elles lui étaient "livrées", elles étaient déjà matées et shootées aux drogues dures ; dressées et cassées pour reprendre son expression. La méthode était simple : elles étaient séquestrées dans un lieu isolé, frappées, violées et droguées de force. C'était une spécialité de la mafia albanaise installée en Italie. Enfin, elles arrivaient détroussées de leurs papiers d'identité, ce qui leur ôtait pratiquement toute possibilité de fuir.

D'un côté, la mort de Martino arrangeait bien Perrini, il allait pouvoir récupérer l'équipe qu'il avait mise à ses basques. Mais cela signifiait également qu'il ne pourrait plus remonter cette filière du proxénétisme marseillais et tenter de "pêcher un plus gros poisson", celui qu'il appelait l'importateur… pas de chance ; "on" venait de couper le fil sur lequel il tirait depuis plusieurs mois. Soit Martino avait franchi la ligne blanche de la limite de son territoire, soit "on" s'était aperçu qu'il se trouvait sous surveillance et "on" avait supprimé la branche pourrie avant qu'elle ne gangrène le reste de l'organisation ? Quelle qu'en fût la raison, ce meurtre sentait la préméditation à plein nez !

Ce qui était étrange, c'est que Martino n'avait pas pour habitude de se déplacer seul ; d'ordinaire, il était accompagné d'au moins un garde du corps et plus généralement de deux ; il ne comptait pas que des amis sur Marseille et sa région. Mais s'il faisait état de la plus extrême prudence dans ses affaires, illégales la plupart du temps, celles-ci ne lui attiraient pas que de la sympathie, bien au contraire… il y avait toujours des jaloux. Il se trouvait un bon nombre de personnes qui se seraient réjouies de le voir mort, voire de l'aider un peu ; aujourd'hui, on allait sabler le champagne !

Rares étaient ceux à être au courant qu'il se rendait parfois dans une rue relativement calme, à proximité du stade vélodrome, pour rendre visite à sa fille naturelle, issue d'une relation extraconjugale vieille de près de vingt ans. Manon était sa seule enfant et ils ne devaient pas être plus de deux ou trois à savoir qu'il la voyait régulièrement depuis sa naissance. Il avait pris en charge tous les frais nécessaires à son éducation et avait fait en sorte qu'elle ne soit jamais mêlée de près ou de loin à ses affaires.

Pour la jeune étudiante en médecine qu'elle était, ses parents avaient divorcé peu de temps après sa venue au monde et son père exerçait la profession de représentant de commerce pour un grand laboratoire pharmaceutique, ce qui l'amenait à beaucoup voyager, et expliquait que ce soit toujours lui qui la contacte afin qu'ils se rencontrent.

Depuis la mort de sa mère il y a six mois de cela, il l'avait installée dans un petit, mais confortable deux-pièces. L'appartement était enregistré au nom d'une Société Civile Immobilière et il aurait fallu chercher en profondeur avant de s'apercevoir que, par le truchement de sociétés-écrans, le vrai propriétaire n'était autre que Martino.

Pour limiter les risques, leurs rendez-vous ne se déroulaient jamais à jour et heure fixes, et il ne l'appelait que la veille, pour lui demander si elle pouvait se rendre disponible, et s'il pouvait passer la voir. Il faisait en sorte de s'éclipser discrètement, pour lui rendre visite, si bien que la plupart du temps, même ses gardes du corps ignoraient qu'il ne se trouvait plus sur place. Aucun de ses employés ne savait qu'il quittait son quartier général, situé dans sa boite de nuit "L'éclair", par une issue savamment aménagée au fond de son bureau.

Personne ne pouvait supposer que l'étagère, remplie de livres et de bibelots divers, pivotait sur un axe libérant l'accès à l'ancienne entrée des artistes : un couloir étroit de trois mètres de long qui se terminait sur la gauche sur un mur de béton et sur la droite sur une porte métallique. Celle-ci donnait sur l'arrière du bâtiment. Depuis l'arrière-cour, seul le judas percé dans le blindage aurait permis à un curieux de s'apercevoir que, contrairement aux inscriptions qui y étaient peintes, elle n'ouvrait pas sur un local EDF.

Martino avait fait appel à trois entreprises différentes pour réaliser les travaux, si bien qu'aucune d'elles ne savait au final qu'il existait un passage direct du bureau vers l'extérieur. Comme il était impossible à quiconque de pénétrer dans cette pièce, à partir de la discothèque, sans qu'il déverrouille la gâche électrique, tous les employés auraient juré qu'il n'en était pas sorti ; même le planton, qui était posté devant, en aurait été persuadé.

Il y avait aussi un passage de ce type dans son appartement au dernier étage du petit immeuble qui surplombait la boite de nuit. Il donnait sur un ascenseur qui lui permettait de se rendre directement à son garage personnel. Les autres occupants n'accédaient qu'au parking collectif et ignoraient totalement l'existence de cet espace privatif. Il y avait toujours le risque qu'il tombe sur son chauffeur occupé à entretenir une de ses voitures et il pouvait également rencontrer un de ses employés ou un voisin en quittant les lieux… mais c'était mieux que rien. Et de toute manière, aucun ne se serait hasardé à lui demander quoi que ce soit ; moins on en savait et mieux on se portait. Ne rien voir, ne rien entendre et ne rien dire étaient les règles de bases de la profession ; lors des enquêtes on avait systématiquement affaire à des amnésiques.

Perrini connaissait ces deux issues de secours. La première, c'est par l'EDF qu'il en avait appris l'existence. Il y a quelques années de cela, un début d'incendie s'était déclaré dans la boite de nuit, suite à un court-circuit et, lorsque les techniciens d'EDF avaient demandé où se trouvait le compteur général, un employé du bar leur avait signalé qu'il y avait une porte sur l'arrière du bâtiment qui devait y donner accès. Un des adjoints de Perrini, qui enquêtait sur place, avait accompagné l'électricien qui, arrivé à l'endroit indiqué, un plan à la main, annonça que le local électrique ne pouvait pas se situer à cet endroit. La porte avait dû être récupérée sur un autre chantier et installée là. De retour au commissariat, on s'était penché sur les plans de l'immeuble : théoriquement, elle devait donner sur les coulisses or, vu de l'intérieur de la boite, on tombait sur un mur et non sur la seconde porte. Le policier se rappela alors en avoir aperçu une sur la gauche du couloir ; à l'emplacement indiqué, il n'y avait, officiellement, pas de sortie, mais derrière ce qui était censé être une paroi de béton se trouvait le bureau du patron…

On ne posa pas de questions à Martino, on préféra garder l'information au chaud ; on savait et lui ne savait pas qu'on savait… Pour l'appartement, ce fut plus facile, puisque les policiers avaient eu tout le loisir d'étudier les plans de l'étage dans le cadre des filatures dont il avait fait l'objet lorsqu'il y avait eu des vagues dans le "milieu". L'ascenseur et le garage privés y figuraient.

Celui qui l'avait refroidi, soit connaissait au moins une de ces sorties secrètes, soit lui avait filé le train pendant un certain temps et avec une indéniable habileté ! Martino était plutôt du genre méfiant. Il fallait découvrir quel avait été son emploi du temps du jour pour commencer à y voir plus clair ; et surtout savoir s'il était parti de la boite ou de son appartement.

Mort du patron d'une boite de nuit

Extrait du casier judiciaire de Michel Martino

Nom	MARTINO
Prénom	Michel
Âge	47 ans
Lieu de naissance	Oran (Algérie)
Père	Inconnu
Mère	Paulette MARTINO

Condamnations
Trois mois de prison avec sursis pour coups et blessures
Six mois fermes pour détention d'arme
Deux ans pour vol à main armée
Un an pour extorsion de fonds
Deux ans, dont six mois avec sursis pour racket
Trois ans pour proxénétisme
Cinq ans pour tentative de meurtre par arme à feu

Affaires en cours
Sous surveillance dans une affaire de proxénétisme aggravé et trafic d'êtres humains

Divers
Inculpé pour meurtre et viol en réunion, relaxé pour vice de procédure

Mort du patron d'une boite de nuit

15 décembre

Rapport du médecin légiste (extraits)

"… L'heure du décès probable : entre 20h30 et 22 h…

Plaie sur le côté droit du crâne, faite à l'aide d'un objet contondant sans qu'il soit possible d'en déterminer la nature…

Le cadavre a été trainé sur quelques mètres, comme en témoignent les traces de frottement trouvées sur ses vêtements, les talons de ses chaussures et en bas de son dos…

Forte hémorragie au ventre due à la perforation de l'abdomen. La blessure a été faite à l'aide un objet pointu, non coupant et non identifiable. Aucun résidu de l'arme utilisée n'a été retrouvé dans la plaie…

L'homme avait les poignets attachés à l'aide de ruban adhésif marron de 7 cm de large d'un type courant…

Le même ruban adhésif a servi à bâillonner la victime…

Aucune empreinte ni résidu d'élément appartenant à l'agresseur n'ont été relevés…

Le sang trouvé sur le trottoir et dans la plaie était mélangé à de l'eau chlorée (identique à l'eau du robinet de la ville)…

La mort est due à l'abondante hémorragie. L'importance de la perte de sang permet d'estimer qu'il s'est écoulé entre dix et quinze minutes entre l'agression et le décès de la victime…"

Mort du patron d'une boite de nuit

16 décembre

Bureau du commissaire Perrini

Perrini lisait le rapport fait par l'équipe scientifique d'intervention, ceux qu'on appelait par dérision les "Experts Marseille" en référence aux séries policières américaines à la mode depuis quelques années ; il n'apportait rien de vraiment nouveau par rapport au compte-rendu du légiste. Martino avait reçu un coup à la tête, avait été trainé sur quelques mètres dans une ruelle, à l'abri des regards, puis on lui avait attaché les mains et les pieds, on l'avait bâillonné et enfin on lui avait enfoncé un pieu dans le ventre. L'assassin l'avait sûrement laissé crever sur place.

Il n'y avait rien de tangible dans ce document, mais cela ne signifiait pas pour autant qu'il était sans intérêt. L'absence d'indice sur le cadavre constituait en soi une indication sur le mode opératoire et sur le niveau d'efficacité du tueur.

Martino avait été agressé à quelques centaines de mètres de sa boite de nuit, alors qu'il se dirigeait, semble-t-il, vers la station où l'attendait le taxi qu'il avait commandé par téléphone. Le chauffeur avait déclaré avoir patienté une bonne dizaine de minutes avant de rappeler son central de dispatching pour l'informer que le client ne s'était pas présenté au rendez-vous et qu'il était donc de nouveau libre pour une autre course. Il n'avait rien constaté de suspect, d'autant qu'il faisait des mots croisés pour tuer le temps, ne jetant un coup d'œil à l'extérieur que de temps en temps. Il n'avait vu personne dans les alentours pendant toute la durée de son attente, en dehors de quelques jeunes femmes qui tapinaient à deux pâtés de maisons de là. Il ne risquait pas de voir grand-chose puisque, de l'emplacement où il était stationné, on ne voyait pas le lieu de l'agression.

Mort du patron d'une boite de nuit

L'enquête de voisinage n'avait rien donné non plus, à croire que le quartier avait été évacué de tous ses occupants et que tous ceux qui se trouvaient encore sur place étaient devenus amnésiques ou aveugles ou sourds, ou les trois à la fois... Même les prostituées habituelles de la rue avaient toutes déclaré être restées à leur domicile ce soir-là ; toutes se sentaient souffrantes. On avait eu droit à la panoplie classique des explications bidons : gastro, douleurs au dos, migraine, vomissements, grosse fatigue... Perrini savait pertinemment que ces "maladies" ne constituaient pas, pour leurs souteneurs, des maux suffisamment graves qui justifieraient qu'elles aient été autorisées à demeurer bien au chaud à la maison.

On était vendredi et Perrini ne travaillait pas ce week-end. Cette fois encore, il était persuadé de passer à côté de quelque chose. Un détail insignifiant en temps normal, mais qui pouvait se révéler primordial dans le cadre de son enquête. Il détestait quitter son bureau avec des questions plein la tête... Depuis le temps qu'il faisait ce boulot, il aurait pourtant dû s'y habituer.

Mort du patron d'une boite de nuit

CHAPITRE 3 - **Mort du vigile d'une boite de nuit**

19 décembre

Bureau du commissaire Perrini

Il arriva tôt ce lundi matin, car il avait utilisé ses deux jours de repos, pour remettre de l'ordre dans ses idées et il éprouvait maintenant le besoin de se confronter à la contradiction. Il composa le numéro de téléphone du lieutenant Balma et lui demanda de venir le rejoindre. Balma n'était pas le meilleur flic du commissariat, mais Perrini et lui se complétaient à merveille. Généralement, l'un exposait les faits pendant que l'autre émettait des hypothèses, que le premier confortait, ou pas, en fonction des documents qu'il avait compulsés et des informations dont il disposait. Entre Perrini et Balma, les questions et les réponses fusaient et bien souvent, en quelques minutes, ils avaient déterminé le sens qu'ils devaient donner à la suite de leur enquête.

- Bonjour Commissaire, tu vas bien ?
- Salut Lieutenant, ça va. Tu as vu les rapports sur la mort de Martino ?
- Ouais.
- Qu'est-ce que tu en penses ?
- Pour moi, ce n'est pas clair ; la méthode utilisée n'est pas professionnelle et pas standard. J'étais persuadé que Martino finirait avec une décharge de pistolet mitrailleur dans le buffet, ou coulé dans les fondations d'un immeuble de la périphérie, en tout cas, pas comme ça.
- J'aurais pensé de façon identique si on avait eu vent de l'arrivée d'une nouvelle bande de proxénètes dans le coin, mais depuis plusieurs mois, c'est plutôt le calme plat. Les derniers arrivés ce sont les Russes, mais ils ont été gentiment virés ; et ils se sont installés à Aix-en-Provence. Martino n'a pas eu à lever le petit doigt dans cette affaire, le problème a été réglé au niveau au-dessus, les ordres sont venus de tout en haut.

- Peut-être qu'il a voulu profiter de l'occasion pour se développer sans demander un accord préalable ?
- Non, pas Martino ! Il a constament agi avec les autorisations nécessaires et il a toujours payé sa redevance sans rechigner et dans les délais. Il n'aurait même pas pris le risque d'installer une de ses filles du mauvais côté de la rue. Mais revenons à ce que tu disais sur l'aspect non professionnel du meurtre.

Perrini sentait qu'il y avait quelque chose à comprendre de ce côté-là...

- Quels sont les points qui te font penser à de l'amateurisme ?

Même s'il le savait pertinemment, le fait que son adjoint lui en dresse la liste, lui permettait de confirmer ses impressions et de mettre ses idées en ordre.

- En fait, il y a plusieurs choses : premièrement, le corps a été déplacé, mais il n'a pas été trainé dans un lieu très discret, le meurtrier aurait pu y être surpris par un passant ou une des prostituées du coin. Deuxièmement, il a été ligoté avec du ruban adhésif, ce qui est risqué, car on aurait pu y retrouver des empreintes, des cheveux ou des poils, ou d'autres trucs collés dessus. Troisièmement, il y a l'arme utilisée ; ce n'est pas une arme conventionnelle, d'ailleurs on ne sait pas ce que c'est exactement, une sorte de pieu apparemment.
- J'en étais arrivé aux mêmes conclusions, en y ajoutant que quatrièmement, il n'a pas été tué sur le coup, donc soit son agresseur l'a regardé crever pendant plusieurs minutes au risque de se faire prendre, soit il l'a abandonné là sans avoir la certitude qu'il ne pourrait pas être secouru avant de passer l'arme à gauche.

Le silence se fit quelques instants, chacun réfléchissait de son côté à ce qu'ils s'étaient dit. Soudain, Perrini se redressa comme un ressort et s'exclama :

- Bon Dieu ! C'est le truc sur lequel on détient le moins d'info qui va peut-être nous en apprendre le plus ! Va nous chercher le dossier El Ouari, le dealer qui s'est fait descendre sur les docks il y a un mois environ.
- Tu crois qu'il y a un rapport entre les deux ?
- Oui ! Mais on en parlera avec le dossier sous les yeux.

Balma sortit du bureau, laissant Perrini en état de surexcitation, comme à chaque fois que ce dernier avait trouvé un point de départ intéressant pour une enquête. Le fil pour dérouler l'écheveau.

Lorsque le téléphone sonna, Perrini sursauta, il était tellement absorbé par ses réflexions qu'il avait fait abstraction de tout ce qui l'entourait.
- Ouais, Perrini à l'appareil.
- Bonjour Commissaire, ici Leblond au "centralisateur". On m'a demandé de vous appeler, car on a un nouveau cadavre sur les bras et il paraît que le mode opératoire ressemble à du déjà vu sur une de vos enquêtes.
- C'est-à-dire ?
- Un corps découvert ce matin à Marignane, un gars avec une blessure au ventre, attaché avec du gros scotch industriel, et…

Leblond n'eut pas le temps de finir sa phrase, Perrini en avait assez entendu.
- OK, je prends ! Envoyez-moi l'adresse exacte sur mon portable et surtout prévenez l'équipe sur place de ne toucher à rien, seul le légiste a le droit d'approcher, je ne veux personne dans un rayon de vingt mètres !
- D'accord Commissaire.
- Et, s'il vous plait, appelez Balma pour lui dire qu'on se verra plus tard.

Il raccrocha sans attendre la réponse de son interlocuteur ; il tenait absolument à se rendre sur les lieux le plus vite possible. Il n'y avait pas vraiment de raison rationnelle à cela, le cadavre n'allait pas disparaître, c'était plutôt l'idée que plus il arriverait tôt et plus il disposerait des indices rapidement, et moins ces derniers risquaient d'être salopés par un flic ou un médecin trop zélé.

Mort du vigile d'une boite de nuit

Marignane

Perrini fulminait, même avec le gyrophare et la sirène, il lui avait fallu près d'une heure pour arriver sur place. En plus des habituels embouteillages du matin, il y avait eu deux accidents sur les quelques kilomètres qui séparent Marseille de Marignane.

En approchant de la scène de crime, il s'aperçut immédiatement que ses consignes avaient été respectées. Personne à proximité du cadavre, juste le légiste qui terminait son examen. Même les scientifiques qui étaient arrivés dix minutes plus tôt attendaient qu'il les autorise à commencer leurs investigations. Ils connaissaient bien Perrini et savaient que quand il donnait un ordre, il était très fortement recommandé de le suivre à la lettre. Ils avaient balisé le terrain avec des bandes de plastique rouge et blanc, et les quelques badauds présents étaient maintenus à bonne distance.

Perrini effectua le tour du corps en prenant toutes les précautions nécessaires ; ce serait le comble que ce soit lui qui souille ou détruise des indices. Il devina immédiatement que le cadavre, qui gisait là devant lui, avait un rapport direct avec l'enquête qui le préoccupait et dont il venait de parler avec son adjoint. Le dernier des imbéciles s'en serait aperçu également. Plaie à la tête, poignets et pieds attachés avec du scotch marron, le même scotch entouré autour de la mâchoire en guise de bâillon, plaie béante au ventre, écoulement important de sang et le corps avait, de toute évidence, été trainé sur quelques mètres à l'abri des regards…
Il se tourna vers le légiste qui se relevait en enlevant ses gants de caoutchouc.
- Salut toubib. Quelque chose d'intéressant pour moi ?
- Je pense que tu as remarqué les similitudes avec le meurtre de Martino ?
C'était plus une affirmation qu'une réelle question.
- Ouais, une vraie signature !
- Je n'ai rien trouvé de spécial, on en verra peut-être plus à l'autopsie.

- L'arme, une idée ?
- Non, mais une chose de sûre, c'est que ce n'est pas une blessure classique, au couteau ou à l'arme à feu
- Une blessure à la tête ?
- Oui, un coup assez fort pour le mettre hors service, mais pas assez pour le tuer. Il est mort de la perte de sang due à l'éventration.
- Combien de temps avant de crever ?
- Je te confirmerai ça plus tard, mais j'ai l'impression que le foie a été touché ; si c'est bien le cas moins de cinq minutes, mais en tout état de cause, pas plus de quinze.
- L'heure du décès ?
- Là, j'ai un problème, mon sondeur thermique doit déconner parce que j'ai pris deux fois la température du foie et je me retrouve avec deux valeurs différentes. Celle près de la plaie me donne une mort vers 1 heure, celle sur la partie haute du foie indique aux alentours de 3 heures. Il va falloir attendre que je l'ouvre.
- D'accord, mais s'il te plait, tu me le passes dans tes prioritaires !

Le légiste sentit immédiatement, au ton employé par Perrini, qu'il ne formulait pas une simple demande, mais bien un ordre.

- Pigé, je me mets dessus dès que les scientifiques me le laissent.

Perrini se rendit vers le groupe qui attendait sagement l'autorisation d'approcher et s'adressa au responsable de l'équipe :
- Vous commencez par le cadavre ! Je le veux en route pour le frigo dans moins de quinze minutes, vous vous occuperez du reste ensuite !
- Mais on risque de saloper la scène de crime si on fait ça… répondit le chef des "Experts Marseille"
- Ce n'est pas mon problème, débrouillez-vous ! Si vous avez peur de bousiller des preuves ou des indices, vous n'avez qu'à mettre vos fringues de cosmonautes, mais bougez-vous ! Il ne vous reste plus que quatorze minutes.

Mort du vigile d'une boite de nuit

En moins de temps qu'il ne faut pour le dire, toute l'équipe s'était changée de la tête au pied, afin de ne pas polluer les lieux ; trois d'entre eux étaient penchés sur le cadavre, le quatrième mitraillait la zone avec son Canon réflex numérique.

Perrini jeta un regard circulaire sur les environs. Il se trouvait à proximité de l'aéroport, à quelques centaines de mètres des hôtels. Des établissements bon marché, mais propres et de bonne réputation. Les clients n'y venaient généralement que pour de très courtes périodes. Il y avait ceux qui n'y dormaient qu'une nuit et se levaient aux aurores pour prendre un des premiers avions "low cost" du matin. Et les autres, des routiers qui attendaient leur chargement. Ces derniers ne séjournaient jamais plus de trois jours. Passé vingt-deux heures, il ne devait plus roder qui que ce soit dans ce coin. Il n'y avait même pas un bar, un restaurant ou un lieu de distraction à proximité.

Il effectua également le tour de la voiture qui se trouvait abandonnée sur place, une BMW décapotable noire. De toute évidence, elle devait appartenir au mort, car il n'y avait aucune raison qu'un véhicule soit stationné là. Que trafiquait ce type ici au beau milieu de la nuit ? Il fallait disposer une sacrée confiance dans celui avec qui l'on avait rendez-vous pour accepter de se rencontrer dans un endroit pareil ou bien avait-il considéré cette invitation comme un ordre, pensa Perrini. Ce gars-là devait bien connaître son agresseur ; ou, plus précisément, croyait bien le connaître, vu le résultat…

Mort du vigile d'une boite de nuit

Bureau du commissaire Perrini

Il avait effectué le trajet du retour sans mettre la radio, comportement rare chez lui ; généralement, il écoutait en boucle des CD de Maurice André, le son de sa trompette le détendait. Mais présentement, il avait besoin de réfléchir sans être distrait. Il avait conduit sans même s'en rendre compte, comme un automate et il n'avait réellement émergé de ses pensées qu'après avoir enlevé sa veste dans son bureau. Ainsi, une demi-heure après avoir quitté les lieux du crime, Perrini sautait sur le téléphone et appelait le service des archives.
- Salut Fred, c'est Perrini.

Avant même que son interlocuteur ait eu le temps de lui répondre, il enchaîna :
- Il faudrait que tu me fasses passer les copies de deux dossiers : Ahmed El Ouari tué le 3 novembre et Michel Martino descendu le 13 décembre
- Bonjour Commissaire !
Il y avait une pointe d'ironie et d'amusement dans sa voix.
- Désolé Fred, je suis légèrement speed aujourd'hui.
- Je m'en suis vite rendu compte, mais tu devrais ralentir un peu !
Fred sourit, puis reprit :
- Tu en fais une collection ?
- De quoi est-ce que tu me parles ?
- Je pense que tu es toujours en possession du dossier de Martino, il doit se trouver à moins de deux mètres de toi ; quant à celui d'El Ouari, il ne doit pas être bien loin non plus, puisque tu as demandé à Balma de venir me voir pour te le récupérer ce matin…
- Excuse-moi, j'avais complètement zappé ! Tu peux te rendormir, je te laisse tranquille…
- Pas de problème, à ton service.

Effectivement, les deux dossiers attendaient sur la petite table de réunion ; Balma avait même pris la précaution de les mettre ensemble et y avait ajouté un Post-it "Pas eu le temps de les regarder, mais on en parle quand tu veux".

Perrini sauta sur son téléphone et l'appela.

- T'es libre ?
- J'arrive Commissaire !

Balma avait immédiatement deviné le degré d'urgence, au ton employé et à l'absence de formule de politesse qui étaient caractéristiques de son patron lorsque celui-ci avait flairé une piste. Moins de trois minutes plus tard, les deux hommes étaient attablés devant les dossiers des deux meurtres.

Perrini entama l'entrevue par un topo rapide, mais précis, de sa visite à Marignane et de ses premières constatations. Tout en l'écoutant, Balma avait ouvert le dossier El Ouari, le commissaire celui de Martino. Comme souvent, lorsqu'ils avaient ce type de discussion sur une affaire, ils travaillaient en parfaite synchronisation, pour ne pas dire en symbiose…

Balma prit la parole le premier :

- J'ai le ruban adhésif aux poignets, aux chevilles et sur la bouche, le coup porté à la tête, l'éventration.
- J'ai les mêmes pour Martino.
- Le mode opératoire semble être le suivant : impact à l'arrière du crâne, puis immobilisation et bâillonnement avec le scotch, et enfin, un pieu planté dans le ventre.
- On peut faire un copier-coller pour Martino.

Balma relut une partie des rapports avant de poursuivre.

- J'ai aussi des lieux qui se ressemblent : les docks pour El Ouari et un coin perdu à proximité de l'aéroport pour ton gars, des endroits isolés.
- Par contre, pour Martino, c'est différent ; lui a été agressé en pleine rue, puis trainé hors de vue. Il semble qu'El Ouari et l'inconnu de ce matin

avaient rendez-vous avec leur assassin, alors que Martino aurait plutôt été attendu et suivi.

- J'ai fouillé un peu dans les pratiques d'El Ouari et je ne suis pas certain qu'il ait eu rendez-vous.
- Ah oui ?
- Il allait régulièrement aux docks, au moins deux ou trois fois par semaine ; sûrement pour se réapprovisionner en came.
- Il avait des habitudes ?

Balma vérifia dans le dossier ; le manque de précision pouvait les faire passer à côté de quelque chose ou, a contrario, les envoyer dans une mauvaise direction.

- Oui et non. Il s'y rendait le dimanche soir ou le jeudi, et parfois, le samedi ; mais toujours à heures fixes.
- Donc, si "on" l'a observé, "on" était quasiment sûr de le trouver sur les lieux au moins deux soirs par semaine !
- Oui.
- Par contre, je ne vois pas le lien entre ces deux gars ! Ils ne font pas dans le même turbin.
- Non, effectivement ! On en a un qui donne exclusivement dans la came et l'autre dans la prostitution, mais sans toucher au commerce de la drogue.
- Ce qu'il nous manque, c'est le pédigrée de celui qu'on a retrouvé ce matin. Tant qu'on n'aura pas ça, on pourra difficilement avancer.
- Quand est-ce que tu penses pouvoir récupérer les infos ?
- Pas avant deux ou trois jours ; j'ai mis la pression au légiste et à la scientifique, mais ils sont à bloc en ce moment… Merci d'être passé, je te rappelle dès que j'obtiens du nouveau.
- Bien, patron.

Mort du vigile d'une boite de nuit

20 décembre

Rapport du médecin légiste (extraits)

"… L'heure du décès n'a pas pu être déterminée avec un degré de précision et une fiabilité acceptables ; en effet, les constatations faites sur place ainsi que celles réalisées lors de l'autopsie, sont concordantes, c'est-à-dire que l'heure estimée à partir de la température du foie à proximité de la blessure et celle à partir du reste du corps ne sont pas équivalentes. Nous avons donc une plage horaire qui s'étale entre 0h30 et 4h30. L'exposition, de la partie proche de la plaie, à l'air frais de la nuit ne justifie pas, à elle seule, un tel écart dans les mesures. De plus, on observe un retard dans le processus de décomposition sur les bords de la lésion. Pour une raison inconnue, elle aurait été beaucoup plus exposée au froid que le reste du corps…

Hématome sur la tempe droite conséquence d'un choc à la tête asséné à l'aide d'un objet contondant sans aucun résidu provenant de l'arme. Ce coup n'a en aucun cas pu entrainer la mort…

Les poignées et les pieds étaient attachés avec du ruban adhésif marron de fabrication courante. Le même scotch a été utilisé pour bâillonner la victime…

Aucun indice n'a été relevé sur celui-ci, l'assassin devait porter des gants sans qu'il soit possible d'en déterminer la matière (probablement du latex)…

L'éventration a été occasionnée à l'aide d'un ustensile pointu, de forme conique, mais non coupant. L'examen des parois de la blessure laisse à penser que l'objet employé est cylindrique, de moins de dix centimètres de diamètre et sans aspérités…

Des traces d'eau ont été trouvées à l'intérieur de la plaie ainsi que mélangées au sang qui s'est écoulé de celle-ci…

Le décès est dû à une forte hémorragie, elle-même résultante de la perforation du foie…"

Mort du vigile d'une boite de nuit

Bureau du commissaire Perrini

Un rictus de satisfaction se dessina sur les lèvres de Perrini à la réception du mail du légiste ; il lui avait transmis son rapport avec vingt-quatre heures d'avance sur sa prévision la plus optimiste. Mais son sourire s'effaça dès qu'il en commença la lecture, et l'on pouvait observer sur son visage un mélange d'interrogation et de certitude. D'un côté, le compte-rendu en lui-même ne lui apprenait pas grand-chose de nouveau, mais d'un autre, il lui apportait la confirmation de ce qu'il supposait fortement. Ce n'était pas un crime isolé, il se trouvait bien face à une affaire de tueur en série.

Il était encore plongé dans ses réflexions lorsque Balma pénétra dans son bureau dans un état d'excitation peu habituel.

- Salut Patron, j'ai du neuf sur notre cadavre d'hier matin, le gars est fiché.
- Salut, j'en ai aussi, je viens de recevoir le rapport du légiste.
- Déjà !? Tu as dû lui mettre une sacrée pression…
- Pas besoin, on se connaît depuis assez longtemps pour qu'il devine le caractère d'urgence de mes demandes. Tu as quoi de ton côté ?

Pendant qu'ils parlaient, Balma fit le tour du bureau du commissaire, prit le clavier de l'ordinateur, fit quelques clics de souris, entra un nom et une date de naissance, et lut les informations affichées à l'écran.

Mort du vigile d'une boite de nuit

Extrait du casier judiciaire de Francis Perez

Nom	PEREZ alias Francky
Prénom	Francis
Âge	36 ans
Lieu de naissance	Marseille, France
Père	Maurice PEREZ
Mère	Ginette DUPUIS

Condamnations
Quatre mois pour escroquerie à l'assurance
Dix-huit mois pour détention et diffusion de fausse monnaie
Un an pour vol et recel de vol de voitures
Dix-huit mois, dont six avec sursis pour coups et blessure
Un an pour détention et revente de stupéfiants (extasie)
Six mois pour détention de cocaïne
Trois mois pour agression avec utilisation de gaz lacrymogène

Affaires en cours
Néant

Divers
Inculpé pour meurtre et viol en réunion, relaxé pour vice de procédure

Balma laissa la fiche à l'écran et retourna s'asseoir tout en ajoutant :
- Et en prime, il est vigile à "L'éclair", la boite de Martino, et consommateur de cocaïne.
- Bon Dieu, on a donc un lien entre deux des trois morts !
- Attends, ce n'est pas fini, j'ai encore mieux : relis la dernière phrase. "Inculpé pour meurtre et viol en réunion, relaxé pour vice de procédure". Tu te souviens de cette affaire de viol sur une gamine de 18 ans il y a six mois, les gars avaient été relâchés pour vice de procédure, le labo s'était

planté en enregistrant les preuves et notamment les prélèvements effectués sur le cadavre ; ils avaient inversé les étiquettes avec celles d'une autre enquête. Le pire c'est qu'on n'a jamais retrouvé les bons échantillons. Le procès n'a pas duré plus de dix minutes, le juge a été obligé de les relaxer sur le champ !
- Nos trois morts étaient dans le coup ?
- Ils étaient même quatre avec un certain Valentin Schmidt, un loustic qui a lui aussi un casier long comme le bras.

Balma tapota de nouveau sur le clavier et lança une recherche à partir du nom et du prénom du quatrième protagoniste de cette affaire.

Mort du vigile d'une boite de nuit

Extrait du casier judiciaire de Valentin Schmidt

Nom	SCHMIDT
Prénom	Valentin
Âge	41 ans
Lieu de naissance	Bastia, France
Père	Hans SCHMIDT (légionnaire mort pour la France)
Mère	Christine FORT

Condamnations
Trois mois de prison avec sursis pour conduite en état d'ébriété et refus d'obtempérer
Six mois de détention, dont trois avec sursis pour vol de voiture avec violence (car jacking) et utilisation de faux papiers
Deux mois avec sursis pour vol avec effraction
Seize mois pour vol de voiture, recel et revente de pièces détachées de voitures volées, utilisation de fausses cartes grises
Huit mois pour agression et tentative de viol
Quatre mois pour coups et blessures, plus deux mois pour injures à magistrat
Quatre ans pour détention et revente d'armes à feu

Affaires en cours
Enquête pour vol et exportation illégale de véhicules volés
Enquête pour trafic d'armes

Divers
Inculpé pour meurtre et viol en réunion, relaxé pour vice de procédure

Le regard de Perrini s'illumina

- Oui, je me rappelle maintenant. Il y avait eu procédure pour viol et meurtre. La jeune fille avait passé la nuit à danser à "L'éclair" et était restée jusqu'à la fermeture, mais le problème c'est qu'au moment de partir, elle s'est aperçue que sa copine était trop bourrée pour conduire et, comme elle-même ne possédait pas le permis, elle avait cherché un moyen de rentrer chez elle. Elle avait appelé un taxi, mais en voyant l'autre gamine vomir dans le caniveau, le chauffeur avait refusé de les transporter. Finalement, son amie avait quand même pris le volant et l'avait plantée là, sur le trottoir.

Il se cala dans sa chaise, les mains croisées sous le menton.

- Elle était en train de contacter un autre taxi quand Perez était apparu et lui avait proposé de la raccompagner moyennant quelques faveurs sexuelles. La gamine l'avait insulté et au moment où elle essayait de partir, les trois autres protagonistes étaient sortis de la discothèque et s'en étaient mêlés. D'après les investigations qui avaient été menées, ils l'avaient forcée à retourner dans la boite et l'avaient violée à tour de rôle. Ensuite, plus personne ne l'a revue jusqu'à ce qu'on retrouve son cadavre flottant dans l'arrière-port deux jours plus tard…

Il se pencha sur son bureau et tapa du poing de rage. Il revivait chacune des étapes qui avaient fait passer l'enquête de "dossier bien ficelé" à "dossier sans suite".

- Quand je pense qu'on détenait toutes les preuves ! L'entrée dans la boite payée par carte bleue, des témoins qui avaient vu le vigile lui parler, le chauffeur du taxi, la femme au vestiaire qui avait confirmé que la gamine avait été ramenée de force à l'intérieur de l'établissement. Celle-là, il avait fallu la cuisiner un peu et la menacer de mettre ses deux gosses à la DASS si elle ne disait pas ce qu'elle avait vu. Cerise sur le gâteau, on avait même ces fameux prélèvements ADN qui auraient dû les envoyer directement en tôle.

- Ouais et tout ça est parti en fumée à cause d'une simple erreur d'étiquetage sur les prélèvements… je me rappelle encore des avocats qui se marraient, ça me fout toujours les boules à moi aussi !
- Il faudrait prendre des nouvelles du quatrième !

Déjà, il tendait le bras vers l'appareil téléphonique, mais son adjoint l'arrêta d'un geste de la main.

- J'ai anticipé ta demande ! J'ai envoyé une patrouille à son domicile, mais il n'y avait personne ; les voisins ne se sont pas montrés très bavards, mais une mamie, qui habite à côté de chez lui, a dit qu'elle ne l'avait pas vu depuis presque une semaine.
- On a quelque chose sur ses habitudes ?
- En dehors du fait qu'il fréquente toujours régulièrement "L'éclair", on sait qu'il est propriétaire d'une casse auto à la sortie de Marseille, sur la route d'Aix ; j'ai aussi demandé à une patrouille de s'y rendre, j'attends de leurs nouvelles d'un instant à l'autre.
- Du côté de la petite Julie, on a quoi ?

Balma consulta ses notes.

- Sa mère est décédée suite à un cancer quand elle avait cinq ans, elle a été élevée par son père ; son grand-père paternel vit à Lyon, sa grand-mère maternelle du côté de Nantes. Le père est tranquille, il habite toujours à Valence, il bosse comme directeur commercial sur la région Rhône Alpes pour une boite de matériel informatique pour les entreprises.
- C'est bien lui qui s'était fait sortir du tribunal au cours du procès ?
- Oui, il a explosé quand le juge a prononcé la relaxe. Il a même indirectement menacé les accusés.
- Si je me souviens bien, il a dit à ces quatre salauds qu'ils allaient regretter de ne pas aller en prison pour le crime qu'ils avaient commis, parce que si la vie en prison était dangereuse, dehors elle risquait de l'être encore plus et qu'on pouvait mourir simplement pour ne pas avoir traversé dans les passages protégés.

- Ouais. D'ailleurs, le juge a failli l'inculper pour ses propos, mais je crois qu'il était tellement mortifié de devoir laisser filer ces quatre salopards, qu'il a préféré le faire expulser de la salle d'audience par les huissiers. À sa sortie du tribunal, le grand-père s'est exprimé devant les journalistes qui attendaient le verdict ; il a dit que "c'était une honte, qu'il n'y avait plus de justice en France, que les magistrats étaient pourris, que le législateur protégeait plus les assassins que leurs victimes". Et, je ne me souviens plus des termes exacts qu'il a employés, mais il a ajouté quelque chose comme "je souhaite que ces quatre tortionnaires crèvent dans les plus extrêmes souffrances" et "qu'il aurait plaisir à les leur infliger lui-même".
- C'était des menaces pour le moins directes. Et le reste de la famille ? Son petit ami ?
- Pas de copain au moment des faits. Quelques membres de la famille étaient présents au procès, mais aucun n'a fait de déclaration, ni au tribunal ni après.
- Deux suspects avec un mobile. Il me faut un topo précis sur leurs emplois du temps sur les dernières semaines. Regarde si tu trouves des trous dans leurs agendas, notamment les soirs des meurtres. Jette un coup d'œil sur leurs relevés de cartes bleues, histoire de voir si on a des traces de déplacements, d'hôtel, de restaurant, de retrait au distributeur, de plein d'essence… Je m'occupe d'obtenir l'accord du juge.
- OK, je m'y mets tout de suite.

Balma se dirigeait vers la porte lorsque le téléphone sonna :
- Allo, Perrini j'écoute.
- Bonjour commissaire, le lieutenant Balma nous a envoyés en patrouille dans une casse sur la route d'Aix et…
- Un instant !
Perrini rappela Balma et alluma le haut-parleur.
- Balma se trouve à côté de moi, on vous écoute !

- La casse était apparemment fermée, on ne voyait aucune activité, mais comme la grille n'était pas cadenassée, on est entré jeter un coup d'œil à l'intérieur. On est tombé sur deux bergers allemands, ou plutôt, ce sont eux qui nous ont foncés dessus, de vraies bêtes féroces, on a été obligés de faire usage de nos armes et de les tuer.

- Ensuite… ?

- On est allés jusqu'à la caravane qui sert de bureau, la porte en était grande ouverte.

- Et alors ?

Le ton employé par Perrini était révélateur de son impatience à connaître la suite.

- On a aperçu un mec qui baignait dans son sang.

- Vivant ou mort ?

- Mort depuis quelques jours d'après l'odeur et on pense qu'il a été, en partie, bouffé pas ses chiens !

- Vous n'avez touché à rien ?

- Non, on n'est même pas entré dans la caravane ; ça chlinge méchamment là-dedans.

- Bon ! Retournez à l'entrée de la casse et empêcher quiconque d'y pénétrer, je vous envoie la scientifique et le doc.

- Bien Commissaire.

Perrini raccrocha et se tourna vers Balma

- Je crois qu'on vient de boucler la boucle.

- Ouais, reste juste à confirmer l'identité du mort.

- Je n'ai pas vraiment de doute là-dessus…

Mort du vigile d'une boite de nuit

CHAPITRE 4 - Mort du gérant d'une casse auto

Casse Schmidt, route d'Aix-en-Provence

Lorsque Balma et Perrini arrivèrent à la casse, ils n'étaient pas les premiers, les "experts" et le légiste attendaient déjà sur place, mais aucun d'eux n'était entré dans la caravane. Perrini avait dit "personne n'entre", et l'on respectait ses ordres à la lettre ! Les trois membres de la police scientifique avaient quand même commencé leur travail de collecte d'informations, mais à l'extérieur. Ils furetaient à la recherche de traces fraiches : sang, marques récentes de pneus de véhicules ou de chaussures, morceaux de tissus, empreintes... et tous corps étrangers susceptibles d'apporter des éléments à l'enquête.

Dès sa descente de voiture, Perrini leur demanda de poursuivre leurs investigations sur le chemin entre l'entrée et la caravane ; ainsi le légiste pourrait ensuite accéder rapidement au cadavre et effectuer ses premières constatations sans risque de polluer ou détruire des indices.

Vingt minutes plus tard, Perrini, Balma et le médecin entraient dans le mobile home. Le spectacle était digne des pires films d'horreur de série B. Il y régnait une odeur pestilentielle due au fait que la mort remontait à plusieurs jours, mais également parce que de toute évidence, les chiens, privés de nourriture, s'étaient servis eux-mêmes, en s'attaquant aux viscères de leur maître. Une grenade n'aurait pas fait plus de dégâts...

Perrini s'adressa au médecin qui sortait de la caravane pour reprendre son souffle ; inconsciemment, il avait effectué ses premières constatations en apnée.
- Alors ?
- Je n'ai pas vraiment regardé en détail, mais on est en présence d'un homme, environ cinquante ans, blanc, cheveux poivre et sel, je dirais un

mètre soixante-quinze. Pieds et poings attachés avec du gros scotch marron.

- À quand remonte la mort d'après toi ?
- Je peux pas te dire ça avec précision, c'est impossible de rester assez longtemps la dedans ! Plusieurs jours en tout cas, vu le type d'insectes et de mouches qui sont sur lui.
- Identité ?

Il tendit une enveloppe en plastique contenant des documents trouvés dans le blouson de la victime.

- Des papiers au nom de Valentin Schmidt, mais impossible à confirmer même avec la photo que tu m'as fait passer tout à l'heure. Je crois que les chiens lui ont bouffé la moitié du visage… J'y retourne pour prélever les empreintes et ensuite, j'attendrai l'ambulance qui doit être en route pour enlever le corps ; je ne peux pas bosser ici, l'odeur est intenable.

Balma intervint s'adressant à Perrini.

- Les gars avec le taxi pour le frigo sont déjà arrivés, je vais voir avec les scientifiques si on peut les laisser passer.
- D'accord, et après on aère cette poubelle à roulettes et on se met au boulot à l'intérieur.

Alors que le médecin disparaissait de nouveau dans la caravane, Perrini fut hélé par Martin le responsable de l'équipe scientifique.

- Commissaire, on a un truc par ici !

Perrini couvrit les vingt mètres qui le séparaient de son collègue à la vitesse de l'éclair ! Enfin un indice ?

- Regardez, juste à côté de la grille d'entrée.
- Je ne vois que des détritus !
- Oui, mais pas n'importe lesquels… ce sont des emballages qui proviennent du supermarché qui se trouvent à quelques kilomètres d'ici, en direction de Bouc-Bel-Air.
- Et alors ?

- Ils contenaient de la viande rouge ; en tout, il y en avait un bon kilo, des très bas morceaux, ceux qui sont vendus pour l'alimentation animale, sûrement pour amadouer et occuper les deux molosses.
- On pourra en tirer quelque chose ?
- On va analyser l'estomac et les intestins des chiens, pour voir si on retrouve la même viande que celle indiquée sur l'étiquette et peut-être des traces de barbituriques…
- Bien.
- Mais ce n'est pas tout, on a une date de fabrication et un code-barres, à partir de tout ça on devrait déterminer le jour de la vente.
- Des empreintes sur l'emballage ?
- A priori, non ! Pourtant, on devrait y trouver au moins celles du boucher et de la caissière, mais aussi celles de tous ceux qui ont farfouillé dans le rayon ; on va quand même vérifier plus en détail.
- Vous avez trouvé d'autres trucs ?
- On en a même trop ! Il y avait sûrement beaucoup de va-et-vient par ici, c'est truffé de traces de pas, de pneus, d'empreintes en tous genres… on en a pour des semaines à tout étudier.
- Parfait, merci. Finissez votre boulot et envoyez-moi un premier rapport dès que possible. Si vous dénichez autre chose d'intéressant, transmettez-le-moi immédiatement. Cette enquête s'accélère et j'aimerais bien ne plus être pris de vitesse par les événements.

Mort du gérant d'une casse auto

Bureau du Commissaire Perrini

Depuis leur retour de la casse, Balma et Perrini tournaient en rond. Il y avait plusieurs faits dont ils étaient sûrs : le mobile des crimes, les modes opératoires similaires, le lien entre ces quatre affaires…
Ils avaient deux suspects tout désignés.
Ils attendaient les rapports du légiste et celui des "experts" avant d'envisager la suite des événements, c'est-à-dire toute la paperasserie nécessaire à l'obtention du mandat qui leur permettrait d'interpeler et interroger le père et le grand-père de la petite Julie. Ils s'étaient mis d'accord pour ne pas travailler sur l'enquête tant qu'ils n'auraient pas tous les éléments en main, mais leurs cerveaux étaient en ébullition… impossible de se concentrer sur quoi que soit d'autre !
Balma classait les différents documents qui composaient les dossiers et vérifiait que les procédures avaient été respectées ; de son côté, Perrini était penché sur le planning des astreintes du commissariat pour les semaines à venir. "On s'occupe comme on peut", pensa-t-il.

Mort du gérant d'une casse auto

22 décembre

Rapport du médecin légiste (extraits)

"... la mort est intervenue entre le 17 et le 18 décembre, il n'y a aucun moyen d'en préciser l'heure...

Un violent coup a été porté à la tête à l'aide d'un objet contondant, sans qu'il soit possible d'en déterminer la nature, dans la mesure où aucune particule n'a été identifiée sur la plaie. Le traumatisme crânien n'est pas la cause de la mort...

Le corps présentait des ecchymoses aux poignets et sur la partie basse du dos ; il est fortement probable que celles-ci soient dues au fait que le cadavre a été trainé de l'extérieur vers l'intérieur de la caravane, comme le confirment les traces trouvées sur le sol, devant et sur les marches qui y donnent accès. Lors de cette manipulation, la victime vivait toujours puisqu'on a la présence de larges ecchymoses sur les épaules et le bas du dos. Par contre, l'absence de marques de lutte permet de préciser qu'il devait être inconscient...

Le décès est consécutif à une très importante hémorragie, elle-même attribuable à deux coups portés au ventre, dont l'un a sectionné une artère, à l'aide d'un objet légèrement conique d'une longueur minimum de 15 cm (profondeur de la lésion). La mort n'a pas été immédiate comme le prouve la surface couverte par l'écoulement du sang, ainsi que les traces de jets de sang à plusieurs dizaines de centimètres du cadavre qui indiquent que le cœur battait encore...

Le sang sur le sol de la caravane était mélangé à de l'eau et en plus forte concentration dans la plaie elle-même. Nota : comme si on avait arrosé celle-ci pendant l'hémorragie...

Les poignets et les chevilles ont été liés avec du scotch marron de type courant vendu dans le commerce, ce même ruban adhésif a été utilisé pour bâillonner la victime...

Mort du gérant d'une casse auto

De nombreuses traces de morsures ont été découvertes sur le corps ;
leur forme semble correspondre à celles des mâchoires des chiens qui se
trouvaient sur place... "

Mort du gérant d'une casse auto

Bureau du Commissaire Perrini

Perrini n'avait eu à patienter qu'un peu plus de vingt-quatre heures avant de recevoir le rapport du légiste, mais cela lui était paru comme une éternité. Quand il se sentait proche d'obtenir des réponses sur une affaire, il trouvait toujours le temps plus long ; pourtant le "Doc" avait encore fait des miracles pour lui envoyer son compte-rendu aussi rapidement, d'autant plus que le boulot ne manquait pas...

Il transféra le mail du médecin à Balma en lui demandant de tenir compte de ces éléments, notamment des jours présumés du décès, dans le cadre de ses recherches sur les parents de la petite Julie.

Maintenant, il devait attendre le rapport des "experts", ce qui nécessitait toujours plus de temps, même avec une procédure d'urgence, comme c'était le cas sur cette affaire. Si ses déductions étaient confirmées, il ne serait pas loin de toucher au but. Il aurait bien pris les devants, mais il savait que plus on se précipitait et plus on risquait de passer à côté de quelque chose d'important.

Ce qu'il redoutait, s'il avait vu juste, c'est que la série ne s'arrête pas là ! Si le meurtre de la petite Julie constituait bien le point de départ de cette affaire, alors il craignait pour la vie du juge, du procureur, des avocats... enfin, de tous ceux qui avaient participé de près ou de loin à la libération des quatre accusés. Il avait demandé à ce qu'on fasse passer une mise en garde au magistrat, accompagnée d'un topo rapide de la situation ; celui-ci se chargerait de prévenir tous ceux qu'il considérerait être potentiellement menacés.

Mort du gérant d'une casse auto

Bureau du lieutenant Balma

Il était 18h25, lorsque Balma demanda à Perrini s'il pouvait passer le voir ; il travaillait toujours sur le logiciel qui permettait de rentrer des dates, des noms, des lieux, des armes... et qui, en retour, restituait des correspondances entre différents événements. Ainsi, avait-il pu comparer les modes opératoires, classé les meurtres par ordre chronologique, éléments qui pouvaient, ou pourraient, être croisés avec les emplois du temps du père et du grand-père de Julie, sur la même période, heure par heure.

Moins de deux minutes plus tard, Perrini déboulait en trombe, manquant de peu renverser l'archiviste qui sortait du bureau de Balma, les bras chargés de rapports divers à répertorier et classer. Avant même de s'asseoir, Perrini lança :

- Qu'est-ce que ton "bousin" nous apprend ?
- Premièrement que le père est hors du coup ?
- Pourquoi ?
- Pour chacune des dates des meurtres, on a une preuve de sa présence sur un autre lieu, notamment à travers ses opérations par carte bancaire : retrait d'argent ou consultation du solde de son compte au distributeur, paiement dans un magasin de chaussures, restaurants, achat de vêtements, locations de DVD sur un appareil automatique, commandes sur Internet... on en tellement que je me demande si l'on n'en a pas trop !
- Comment ça ?
- Le nombre d'opérations faites, à ces dates, est très largement supérieur à l'utilisation qu'il fait habituellement de sa carte. Sur les deux années précédentes, on constate environ deux débits par mois, alors que sur le dernier trimestre, on en a une presque quotidiennement. Aucune transaction sur Internet en deux ans, en dehors de l'achat de billets de train, mais une en moyenne tous les trois ou quatre jours depuis mi-octobre. On passe d'un retrait d'espèces au guichet automatique par

quinzaine à deux ou trois par semaine. Il aurait voulu laisser des traces de sa présence permanente à Lyon sur cette période qu'il ne s'y serait pas pris autrement.

- Il n'aurait pas pu confier sa carte à un complice ?
- Si, c'est possible. J'attends des vidéos des distributeurs de billets et j'ai demandé à un collègue de Lyon de vérifier, auprès des employés des boutiques et restaurants où il serait allé, s'ils le reconnaissent. On réalise les mêmes contrôles dans des magasins qui servent de relais pour livrer les commandes faites par Internet.
- Donc pour le moment, on ne détient pas de certitudes de ce côté-là ?
- Non, mais je serais prêt à parier qu'on va en avoir…
- Ton "zinzin" te dit autre chose ?
- On a pu récupérer son emploi du temps professionnel, mais ne me demande pas comment… tant qu'on n'a pas reçu l'accord du juge pour investiguer là-dessus !
- Compris, je n'ai rien entendu…
- Si j'en crois son agenda, le reste du temps, il a été en déplacement quasiment en permanence. Tous les clients qu'il a visités se situent en Savoie ou en Haute-Savoie ; pas un seul rendez-vous dans la partie ouest ou sud de son secteur.
- Et alors ?
- Compte tenu des informations dont on dispose, si sa présence sur ces différents lieux est confirmée, alors il ne lui était matériellement pas possible de se trouver dans la région de Marseille à ces dates.
- Il a pu prendre des rendez-vous, mais ne pas les honorer !
- Oui, on va contrôler également de ce côté-là. Parallèlement, j'attends l'historique de la société de télépéage. On saura où il est allé avec son véhicule de fonction, par où il est passé, le jour et l'heure… on va pouvoir tracer ses déplacements.
- Si c'est lui qui conduisait son véhicule.
- On a prévu de vérifier ça aussi du côté de son employeur.

Mort du gérant d'une casse auto

- Son patron peut ne pas être au courant, surtout quand il se trouve sur la route ! Il a pu prendre la voiture et la "prêter" à quelqu'un d'autre pendant quelques jours ?
- Non !
- Pourquoi non ?
- C'est là qu'il y a quelque chose qui me chiffonne, comme cette frénésie d'achats par carte bleue ; ce gars est hyper "clean" côté code de la route. À peine quelques PV pour dépassement du temps de stationnement. C'est le seul représentant commercial que je connaisse qui n'a jamais perdu un point sur la route. Pas un seul feu grillé, pas le moindre excès de vitesse.
- Un bon conducteur qui devrait recevoir la médaille de la Prévention Routière !
- Justement, sa médaille, il vient de la paumer... Il a pris quatre PV en deux mois !
- Toujours pour des problèmes de stationnement ?
- Non ! Pour avoir roulé trop vite sur une nationale qu'il empreinte fréquemment ! Et la cerise sur le gâteau, c'est qu'à chaque fois il s'est fait chopper par des radars fixes qui flashent de face !
- Pas de bol.
- Au contraire, on a ainsi quatre photos de lui avec une date, une heure et un lieu, donc autant de témoignages irréfutables de sa présence loin de Marseille, spécialement pendant la période des meurtres. J'ai vérifié, c'est bien lui au volant ; sans vouloir paraître parano, on a même l'impression qu'il regarde l'objectif et qu'il sourit...
- Il aurait joué le Petit Poucet en semant des preuves de son passage partout où il le pouvait ?
- Exactement !

Perrini réfléchit à haute voix :

- Donc on est à peu près sûrs qu'il n'était pas présent sur Marseille sur la période qui nous intéresse. Je vois où tu veux en venir, mais continue.

- Merci de me laisser cet honneur. S'il se fait remarquer volontairement loin de Marseille, c'est qu'il sait qu'il s'y passe quelque chose. Il est au courant pour les meurtres ! Ce qui signifie que quelqu'un, a priori celui qui les a commis, l'a prévenu. Il savait quand ils allaient avoir lieu, et il disposait de l'information suffisamment longtemps à l'avance, au moins une ou deux semaines, pour réorganiser son planning de rendez-vous.

- Il a mandaté quelqu'un pour faire le ménage à sa place ?

- Ça, c'est encore une zone d'ombre… mais j'ai ma petite idée.

- Le grand-père ?

- Zut, mon effet d'annonce vient de tomber à l'eau ! Je comprends pourquoi tu ne te sers pas d'ordinateur, tu es doté d'un cerveau qui tourne plus vite que ces machines.

- C'est pour ça que je suis Commissaire et toi seulement Lieutenant !

Cette plaisanterie, une habitude entre eux chaque fois que Perrini avait raison, permit de détendre un peu les deux hommes.

Balma reprit :

- Le père appelait régulièrement le grand-père une fois par semaine, rarement plus fréquemment ; mais depuis quelques mois, ils se téléphonaient presque tous les jours. La durée des appels aussi a évolué, on est passé de quinze à vingt minutes à, soit environ une heure, soit moins de cinq minutes.

- Les discussions longues pour planifier l'organisation, les courtes pour confirmer son avancement.

- Mais j'ai encore un truc ! Les coups de fil cessent totalement à partir de fin octobre !

- Ils redeviennent plus espacés ?

- Non, ils ne se contactent plus ! Ni sur des lignes fixes ni sur des portables.

- Donc, impossible de les géolocaliser ?

- Exact.

- Par contre, dès que les contacts entre eux cessent, le fils reçoit pas mal appels en provenance de téléphones utilisant des cartes prépayées.

- Donc, ils se parlent toujours mais on ne peut plus faire le lien entre eux deux ? On peut savoir où ces cartes de téléphone ont été achetées ?
- Savoir "où" n'est pas un problème, par contre savoir "par qui", c'est une autre paire de manches. Il y a pas mal de dealers et de truands qui les utilisent, et je ne pense pas que, ceux qui les lui ont vendues, ait très envie de faire des efforts de mémoire pour s'en souvenir.

Perrini bascula en arrière, se calant au fond de son fauteuil, les avant-bras appuyés sur les accoudoirs, les mains croisées sous le menton.
- Bon, tu gardes tout ça pour toi, on attend les docs du juge avant de poursuivre, sinon on risque de foutre des preuves en l'air. Je pense qu'il réagira rapidement dans la mesure où il est lui-même potentiellement menacé. On attend aussi les rapports de la scientifique et le compte-rendu définitif d'autopsie du légiste. Dès qu'on a tout ça, et les infos des collègues de Lyon, tu m'organises, au plus tôt, une réunion avec tout le monde. Il faut impérativement qu'on prenne notre tueur de vitesse avant qu'il ne poursuive son travail ! Et bravo, tu as fait du bon boulot !
- Merci patron.
- En attendant, tu fais partir une requête nationale avec demande de recherche de tous les crimes non élucidés pour lesquels la victime a été retrouvée attachée et éventrée sur le dernier trimestre. Je ne crois pas qu'on trouvera autre chose, mais dans le doute…
- Tu ne veux pas étendre la période sur six mois ?
- Non, je pense qu'on perdrait notre temps ; le gars qui fait ça est organisé, il a pris la peine de tout préparer et planifier, il sait que plus les délais sont longs entre les exécutions de ses victimes et plus il court le risque de se faire choper. Il doit être conscient que notre enquête progresse et nous rapproche de lui, et donc que sa force réside dans le fait qu'il agit vite, et ainsi, que ça limite la chance qu'on l'attrape avant qu'il ait terminé son œuvre. Or, il ne peut pas se permettre de ne pas achever sa mission, pour lui, c'est vital !
- Tu restes persuadé que la série de meurtres n'est pas terminée ?

- Si ce sont bien le père et le grand-père qui en sont à l'origine, et vu les propos qu'ils ont tenus pendant et à la sortie du tribunal, je crains qu'il y en ait d'autres effectivement.
- Bien, je m'occupe de tout ça...

Mort du gérant d'une casse auto

CHAPITRE 5 - **Quatre meurtres sans armes**

24 décembre

Salle de réunion

8h30, Perrini, Balma, le médecin légiste, deux experts de la police scientifique, l'adjointe de Balma : la "task force" se trouvait au complet. Cinq paires d'yeux fixaient Perrini qui lança la réunion sans perdre un seul instant :

- Madame, Messieurs, merci de vous être rendus disponibles dans un délai aussi court, surtout compte tenu de vos charges de travail respectives, et spécialement au Doc qui devrait être en congé. Ta femme va encore me maudire…"

Tout le monde esquissa un sourire, Perrini reprit :

- Chacun d'entre vous connaît les raisons de sa présence ici, mais je pense qu'il est bon que vous disposiez tous d'une vision d'ensemble du dossier, je vais donc vous faire un topo sur ce que nous savons. Vous êtes libres d'intervenir à tout moment, en fonction de vos domaines de compétences respectifs. Ensuite, vous pourrez poser toutes vos questions et quand je dis toutes, c'est toutes ! Si vous avez une interrogation, soit nous détenons la réponse et nous vous la transmettons, soit nous ne l'avons pas et cela signifie qu'il existe encore des zones d'ombre à éclairer. C'est bon pour tout le monde ?

Chacun fit un signe de tête montrant que les règles avaient été comprises ; de toute façon, c'était la méthode de travail habituelle de Perrini et tous ceux qui se trouvaient autour de la table la connaissaient parfaitement.

Perrini commença.

- On a quatre morts sur les bras, avec des modes opératoires quasi identiques et au moins un lien entre les victimes. Intéressons-nous tout d'abord à ce qui les unit. Tous les quatre ont été impliqués dans le viol et le meurtre de Julie Vidal, mais tous ont été relâchés pour un vice de forme lors de la procédure. Des éléments de preuve ont été mélangés avec ceux d'une autre affaire, puis égarés.

Concernant les modes opératoires, je parle sous votre contrôle, vous m'interrompez si nécessaire. Les quatre cadavres retrouvés à ce jour ont plusieurs points en communs :

Premièrement, les pieds et les poignets ligotés avec du scotch marron du type de celui utilisé pour les cartons de déménagement, un modèle courant que l'on peut trouver dans n'importe quelle grande surface de matériaux de bricolage.

Deuxièmement, la bouche bâillonnée avec ce même scotch.

Troisièmement, un coup porté à la tête à l'aide d'un objet contondant, non tranchant et de forme irrégulière, qui ne laisse aucune trace de résidus sur la plaie.

Quatrièmement, le choc n'a pas été mortel, mais suffisant pour assommer les victimes ou les mettre dans l'incapacité de se défendre.

Cinquièmement, une ou plusieurs perforations à l'abdomen ou au foie à l'aide d'un objet pointu et conique, en gros de la forme et de la taille d'un pieu de cinq à dix centimètres de diamètre sur, au minimum, quinze de long.

Sixièmement, le décès est consécutif soit à l'éclatement du foie, soit à la perte de sang occasionnée par ces blessures.

Septièmement, aucun résidu de quelque nature que ce soit n'a été découvert dans la plaie, donc aucun indice précis sur le type d'arme utilisé, ni même sur son matériau.

Huitièmement, à ce jour, nous n'avons découvert aucune empreinte de doigt, par un cheveu, pas un poil, pas de résidu de peau.

Neuvièmement, des traces de pas identiques ont été trouvées sur chacun des lieux de crimes, il s'agit de tennis d'un modèle courant de taille 42 ou 43.

Est-ce que j'ai été exhaustif ?

Balma prit la parole

- J'ajouterais un dixièmement, trois des quatre victimes ont été retrouvées dans des lieux relativement isolés, mais qu'ils fréquentaient couramment.

L'un des experts, une jeune femme fraichement intégrée à l'équipe, leva la main pour prendre la parole.

- Je serais tenté d'ajouter un onzièmement…

Perrini se tourna vers elle, déjà concentré sur ce qu'elle allait dire. Un élément nouveau, voilà qui était intéressant.

- Je vous écoute.

- Sur chacune des victimes, on a retrouvé des traces d'eau ; autour des cadavres, dans la plaie ou mélangé au sang écoulé de celles-ci.

L'autre expert, son chef, la fustigea du regard et l'interpela :

- Je ne vois pas en quoi de l'eau constitue un indice, les corps ont été découverts après au moins une nuit dehors, donc il peut tout simplement s'agir de la rosée du matin.

Avant que la jeune femme ait eu le temps de répondre à son supérieur, c'est Perrini qui reprit le contrôle de l'échange.

- Très bonne remarque Mademoiselle ! J'avais volontairement laissé ce point en suspens et cela faisait partie des questions que je voulais vous poser : est-ce que la présence d'eau est normale ? Je n'avais pas pensé à l'humidité de la nuit et à la rosée.

Le chef des experts esquissa un sourire, le commissaire allait dans son sens ; mais sa collaboratrice n'en avait pas fini.

- Euh, désolée d'insister, mais ce n'est pas ce type d'eau que l'on a retrouvé…

- Comment ça, "pas ce type d'eau" ? Qu'est ce que vous sous-entendez par là ?

La jeune femme sembla hésiter, puis se lança :

- D'après les premières analyses que j'ai pu effectuer, sa composition contient, entre autres, du chlorure ferrique ce ne peut donc pas être de l'eau de pluie.

Balma intervint.

- Ça sert à quoi votre chlorure ferrique ?
- C'est un produit désinfectant parfois utilisé dans les stations d'épuration, là où les eaux usées sont traitées.
- Elle vient d'où cette flotte ? questionna Perrini
- C'est de l'eau du robinet
- Du robinet ?
- Est-ce qu'elle pourrait provenir de la nettoyeuse qui balaie et arrose les rues le matin ?
- Je ne pense pas, et cela pour trois raisons ; la première c'est qu'au moins un des cadavres, celui de la casse, a été découvert dans un lieu où la machine ne passe pas. La seconde, c'est que dans l'eau utilisée, pour laver la chaussée, on ajoute un additif, un peu comme du grésil. Et troisièmement, ce n'est pas non plus celle de la ville de Marseille que l'on a retrouvé sur les corps, les éléments chimiques qu'elle contient ne correspondent pas.

Perrini flairait une nouvelle importante.

- Comment en êtes-vous si sûr ?
- Chaque station d'épuration possède ses propres spécificités et la composition de l'eau potable fournie au réseau diffère quelque peu. Cela peut provenir de la qualité de l'eau en entrée, du niveau de la demande à satisfaire, de la météo. En fonction de ces paramètres, ils mettent plus ou moins de produits de traitement. Plusieurs fois par jour, des techniciens prélèvent de l'eau en sortie, l'analysent et archivent la composition chimique et bactérienne de celle-ci. J'ai demandé à la centrale qui couvre Marseille de me faire passer leur historique aux dates proches des meurtres et ça ne correspond pas aux échantillons prélevés sur les victimes.

- Elle vient d'où cette flotte, alors ?
- Je ne sais pas encore, Commissaire, j'ai envoyé une requête aux autres stations de la région, je devrais avoir leurs réponses d'ici quelques jours.
- Et ensuite, quel délai pour déterminer la bonne ?
- Quelques heures seulement, le temps d'importer leurs données dans l'ordinateur ; mais à condition que l'eau provienne bien d'une de celles-ci, sinon, il faudra élargir les recherches et ce sera beaucoup plus long.
- Est-ce que cette eau a eu une influence quelconque sur vos analyses ? intervint Balma, est-ce qu'elle a pu servir à nettoyer la plaie, ou à effacer des traces sur, ou autour, du cadavre ?

Le plus âgé des experts répondit aussitôt, tentant de reprendre le leadership de la discussion.

- Non, en aucune manière. L'eau ne permet que de dissoudre, diluer et éparpiller des éléments, en aucun cas de les faire disparaître. Nous en aurions retrouvé, même après une forte dilution. De plus, la quantité n'a pas été assez importante pour provoquer un écoulement de nature à évacuer quoi que ce soit vers le caniveau ni à disperser suffisamment des résidus ; il aurait fallu employer un nettoyeur à haute pression, ce qui n'a pas été le cas.

L'information était de taille, mais les vraies réponses étaient à venir. Tant qu'ils n'auraient pas les données des stations d'épuration de la région, ils ne pourraient suivre cette piste. Perrini passa donc à la question suivante :

- Qu'est-ce qui peut justifier que nous ne trouvions aucune empreinte, ni quoi que ce soit en provenance du tueur, mis à part les traces de pas ?
- Ça, on ne se l'explique pas ! En ce qui concerne les empreintes, je pencherais pour l'utilisation de gants en caoutchouc, même des modèles en cuir, ou en matière synthétique, laissent des indices. L'absence de résidus biologiques, cheveux ou poils, me donne à penser que l'auteur

des faits était équipé d'un bonnet et de vêtements propres ; je parierais pour des habits neufs, jamais portés auparavant.

- Pourquoi une telle hypothèse ?

- Regarder sur vos affaires lorsque vous les sortez de la machine à laver, vous constaterez qu'il y a toujours des cheveux qui sont restés accrochés dans les fibres des tissus. Donc on aurait retrouvé quelque chose sur au moins une des scènes de crime, alors que dans le cas présent, nous n'avons rien !

La plus jeune des "experts" reprit la parole :

- Je pense qu'on devrait ajouter un douzièmement aux points communs entre toutes ces affaires

- Je vous écoute, lui répondit Perrini

- C'est un détail peut-être sans réelle importance, mais à chaque fois, on a retrouvé le rouleau de scotch à proximité des cadavres. J'ai vérifié hier soir, après qu'on ait découvert celui de la casse ; on était passé un peu à côté pour le premier meurtre.

- C'est effectivement un point commun de plus, mais cela ne nous fait pas progresser pour autant, répondit Balma en faisant la moue.

- Ça nous confirme une chose, c'est que l'assassin n'a rien laissé au hasard.

- Sauf qu'il nous offre une preuve.

- Pas vraiment, je suis persuadé, au contraire, qu'il ne laisse qu'une signature de plus de ses meurtres. Signature dont nous n'avons pas vraiment besoin, puisque nous en avons déjà beaucoup : mêmes modes opératoires, mêmes traces de pas, et cetera.

- Donc tout cela démontre qu'on a affaire à un tueur très organisé, qui a tout anticipé, jusque dans les plus infimes détails ! conclut Perrini

- Oui, confirmèrent en cœur les deux experts.

Le commissaire réfléchit quelques secondes.

- Si l'on part de ce postulat, et compte tenu des autres éléments dont nous disposons, notre tueur a pris le temps de préparer ses attaques et il a tout pensé dans les moindres détails. Une arme qui ne laisse pas de résidus, des gants pour éviter toute trace de doigts, des lieux plutôt discrets, un mode opératoire savamment élaboré, du ruban adhésif pour ligoter et bâillonner ses victimes, ruban qu'il jette volontairement après chaque meurtre. Pour le celui de la casse, il avait apporté de quoi détourner l'attention des chiens, donc il savait qu'il y en avait, ce qui confirme que son coup était totalement prémédité.

- Justement, intervint le légiste, j'ai étudié l'estomac des deux bêtes et ils ne contenaient plus la viande dont on a retrouvé l'emballage sur place, ils l'avaient déjà digérée et évacuée. Par contre, l'analyse sanguine a révélé des traces de somnifères. Je devrais rapidement en connaître la formule complète, mais une chose est sûre, la molécule de base du produit est l'une des plus couramment utilisées par les labos pharmaceutiques.

- Pour les emballages, ajouta l'adjointe de Balma, le nom du magasin figurait toujours sur ceux-ci, c'est une grande surface à Aix. On a pu consulter l'historique de la vente, grâce au code-barres et nous savons que la viande a été achetée l'avant-veille du meurtre. Comme il s'agit d'un produit conditionné par le super marché, on en retrouve la trace lors du passage de l'article à la caisse ; mais comme notre gars a réglé en espèces, il n'y a pas eu de photo prise au moment du paiement.

- Évidemment, la caissière ne se souvient de rien ?

- Non, d'autant qu'il n'a pas acheté que ça, il y avait également du lait, du pain, des légumes en boite, des yaourts, du fromage et des gâteaux secs. La panoplie classique du célibataire. S'il n'avait pris que la viande, cela aurait pu retenir un minimum l'attention de la caissière… encore que, vu le nombre de clients qui passent tous les jours devant elle, on aurait eu peu de chances de ce côté-là !

- Il y a tout de même un point intéressant dans tout ça ; les somnifères ne sont délivrés que sur ordonnance, donc notre tueur s'était organisé assez longtemps à l'avance pour voir son médecin et retirer les médicaments en pharmacie.

- Peut-être, mais rien à espérer sur ce point non plus, précisa le légiste, car comme je l'ai dit, le produit utilisé doit être un des plus administrés qui soit. Et l'on n'a aucune idée de l'endroit où ils ont été achetés. On ne peut pas demander la liste des personnes, à qui il en a été prescrit, à toutes les officines de France. On se retrouverait avec plusieurs centaines de milliers de noms. Même sur la seule région PACA, c'est injouable. Et si, comme on le pense, on a affaire à quelqu'un de bien organisé, il est possible que l'ordonnance n'ait pas été à son nom.

Perrini ressentit le besoin de faire un point sur le sujet et sur les perspectives que cela pouvait ouvrir ou non.

- Donc si je te comprends bien, on ne possède aucun moyen de croiser quoi que ce soit avec ces données ?
- Non, d'autant qu'on n'a même pas l'assurance que ces médocs ont été achetés en France. Il est très facile de se les procurer sur Internet. N'importe quel revendeur dans le monde peut être un fournisseur potentiel, ajouta Balma.
- Je croyais qu'avec notre informatique on pouvait comparer des infos de provenances multiples.
- Oui, mais certaines sources ne nous sont pas accessibles, ou ne nous permettent pas dégoter des trucs exploitables. Et je ne te parle même pas du ''Dark Net''…
- C'est quoi encore ça ?
- Un Internet caché, un système utilisé par tous les truands et trafiquants de la terre. C'est le plus grand marché international de tout ce qui est répréhensible.
- Et on y trouve quoi ?
- Came, armes, trafic d'êtres humains, tueur à gages, hackers, cartes bleues piratées… en résumé, tout ce qui est illégal.
- Et on ne peut pas les choper ?

- Non, ça ne laisse pratiquement pas de trace ou très peu. Il faut des informaticiens hyper pointus, du temps et un peu de chance pour les pister et les loger.
- Donc en résumé, si je comprends bien ce que chacun de vous me dit, on se retrouve une fois de plus dans une impasse ; ça devient franchement énervant, et je suis poli.

Tous les intervenants baissèrent la tête, comme des enfants coupables d'avoir commis une bêtise. Chacun se demandant s'il n'était pas passé à côté de quelque chose… Un petit détail qui aurait pu leur offrir une piste sérieuse.

Après quelques instants de réflexion, Perrini comprit qu'il devait redonner un souffle à l'enquête et de l'allant à ses troupes, il reprit :
- Par contre, on a une idée assez précise du mode opératoire et des motivations de l'assassin. Tous les meurtres sont liés à l'affaire Julie Vidal. Il s'est parfaitement renseigné sur les habitudes de ses victimes, il les a sans doute suivies. Il les assomme, en profite pour les neutraliser à l'aide du scotch, puis leur enfonce une sorte de pieu dans le ventre. Lors de ses déplacements sur les lieux de crimes, il laisse des empreintes de pas qu'il ne cherche pas à effacer. Sur place, on retrouve des traces d'une eau du robinet qui ne provient pas de Marseille.

Personne ne voyait où le commissaire voulait en venir, il ne faisait que synthétiser ce que chacun d'eux savait déjà.
- Maintenant qu'on a tout ça, voilà ce que nous allons faire.
Les têtes se relevèrent, Perrini captait toute leur attention.
- On épluche les emplois du temps des proches de la gamine. On récupère et on dissèque les enregistrements vidéo, encore disponibles, de toutes les caméras de surveillance sur chacun des lieux des crimes, notamment ceux à proximité de la boite de nuit. On commence du lendemain de chaque meurtre et on remonte sur une semaine. On liste les perquisitions

à effectuer et on prépare les demandes de mandats pour le juge. Il faudra y rechercher le stock de scotch, le pieu, les gants en caoutchouc et les baskets. Vous reprenez les échantillons d'eau et vous les comparez entre eux ; je veux savoir si c'est la même eau qu'on retrouve à chaque fois et en connaître la provenance. On épluche les appels téléphoniques émis et reçus aussi bien côté victimes que côté suspects. On fouille les emplois du temps de chacun. Recherchez tout changement dans leurs habitudes. Utilisez vos logiciels informatiques pour croiser les données.

Cette litanie de demandes représentait une charge de travail colossale, mais loin de se sentir accablés par l'ampleur de la tâche, tous étaient gonflés à bloc ; la partie n'était pas perdue, on avait des pistes à suivre et pour ces policiers, l'essentiel se trouvait bien là.
- Je pense que chacun sait ce qu'il doit faire, affirma Perrini, si vous avez des questions je vous écoute.

Il lut de l'impatience dans leurs yeux. Ils se sentaient revigorés et, tels des chiens de chasse, avaient hâte d'explorer les voies indiquées par leur patron.
- Alors au boulot et faites-moi part de vos trouvailles en temps réel, car il faut qu'on avance vite ; comme je l'ai déjà dit, je ne suis pas du tout persuadé que le tueur en ait terminé… Tous ceux qui sont intervenus dans cette affaire sont des cibles potentielles. Le gars qui a inversé les étiquettes, les avocats de nos victimes, le juge qui a prononcé le non-lieu et j'en oublie peut-être d'autres. Sur ce, je vous remercie pour l'excellent travail que chacun de vous a produit et je souhaite un bon réveillon à ceux qui ne sont pas d'astreinte et un joyeux Noël à tous.

CHAPITRE 6 - **Quatre meurtres sans preuves**

27 Décembre

Bureau du Commissaire Perrini

Le téléphone sonna, le nom de Balma s'afficha sur l'écran.
- Salut chef, j'ai peut-être quelque chose d'intéressant pour notre affaire des quatre meurtres.

Perrini se redressa sur sa chaise, tous les sens en éveil.
- T'as quoi ?
- Nous avons épluché les SMS reçus par Perez sur son portable et nous en avons trouvé plusieurs en provenance de celui de Martino.
- Ça ne m'étonne pas, Martino venait souvent à la boite de nuit ; ils se connaissaient et se fréquentaient régulièrement aussi en dehors.
- Oui, mais avant le meurtre de El Ouari, le dealer, il n'y en avait qu'un ou deux par mois, toujours pour fixer des rendez-vous, transmettre des adresses. Après la mort du dealer, on tombe sur des appels téléphoniques. Trois de Martino à Perez et deux de Perez à Martino. À peu près autant entre Martino et Schmidt.
- Donc Martino avait déjà comme hypothèse que l'assassinat d'El Ouari pouvait être lié à l'affaire de la petite Julie, pensa tout haut le commissaire
- Oui, mais le plus intéressant ne se trouve pas là.
- Accouche ! Arrête de me faire marner !
- Il y a un SMS de Martino à Perez, dans lequel il lui demande de le retrouver à Marignane, cent mètres après l'hôtel Frantel, le soir du 18 décembre pour récupérer une malette.
- Pas très étonnant dans la mesure où on sait qu'ils traitaient des affaires en commun. Perez servait régulièrement de mule pour Martino ; on pense même que Perez allait parfois récupérer des filles en Italie pour lui. Ça ne nous apporte pas grand-chose.

- Sauf que, cerise sur le gâteau, le SMS a été envoyé le 12 décembre à 22h30.

Perrini réfléchit quelques secondes.

- Mais c'est après l'heure présumée du meurtre !
- Oui, commissaire. J'ai recherché dans les pièces à conviction du dossier de Martino et on n'avait pas trouvé de portable sur lui.
- Donc l'assassin pique le téléphone de Martino mort, quitte les lieux, puis expédie un SMS à Perez.
- C'est comme ça que je vois les choses moi aussi.
- Ce que je ne comprends pas, c'est pourquoi Perez est quand même allé au rendez-vous ; il savait que Martino avait été descendu.
- Attends je vais te lire exactement ce qui est écrit : "grosse affaire qui vient de se réaliser. vais avoir besoin de tes services. bon paquet de fric à te faire. rdv avec fournisseurs pour récup marchandise…" ensuite, il lui indique le lieu et l'heure du rendez-vous.
- Perez savait que ce que lui faisait trimballer Martino avait de la valeur. Recèle, armes ou argent liquide. Il a dû se dire qu'il allait pouvoir continuer la même activité, mais en étant son propre patron. Je ne pense pas qu'il avait des états d'âme et pour lui le fric n'avait pas d'odeur, quelle qu'en soit sa provenance.
- L'appât du gain, conclut Balma.
- Oui. En tout cas, merci pour tout ça. Tu me couches ça noir sur blanc et tu me l'envoies par mail. N'hésite pas à revenir me voir si tu déniches autre chose.

Perrini raccrocha, un sourire carnassier se dessina sur ses lèvres. Enfin quelque chose de nouveau à se mettre sous la dent, même s'il ne savait pas encore ce que cette information allait lui apporter. Mais ça ajoutait un morceau de plus au puzzle.

Quatre meurtres sans preuves

28 décembre

Bureau du Commissaire Perrini

Le téléphone sonna, Perrini décrocha et reconnut la voix nazillarde du jeune homme chargé d'éplucher les vidéos.

- Bonjour Pierre, vous avez du nouveau ?
- Bonjour commissaire. Oui et non.
- Allez-y, je vous écoute.
- On a passé en revue les enregistrements aux abords de la boite de nuit et on a repéré quelqu'un qui apparait à plusieurs reprises. Un clochard qui a trainé dans le coin pendant plusieurs jours. On le revoit peu de temps avant le meurtre du patron puis il disparaît définitivement.
- Ça peut être un hasard, non ?
- Je ne pense pas, car on l'a recherché sur d'autres vidéos du quartier et on ne l'a trouvé ni avant ni après. Ces gars-là ont leurs habitudes, ils ne changent pas facilement d'emplacement ; ils restent toujours dans le même périmètre, s'ils ont un filon pour mendier de quoi subvenir à leurs besoins, sinon il y a des accrochages avec les autres clodos qui zonent dans le coin.
- La vidéo, on peut en tirer quelque chose ?
- C'est là que le bât blesse. On a deux caméras, mais la première est pourrie. L'image en est inexploitable, trop pixélisée.
- Trop quoi ?
- Pardon, trop floue si vous préférez.
- Et la seconde ?
- C'est celle qui se trouve à la porte d'entrée de la boite, du bon matériel, mais on ne voit jamais distinctement son visage ; soit il avait le visage crasseux, soit le gars s'était mis du noir de fumée sur la figure. En plus, il porte une grosse écharpe qui lui en cache la moitié inférieure et une sorte

de chapeau mou. Impossible de l'identifier. J'ai juste pu déterminer qu'il doit mesurer à peu près un mètre soixante-dix ou soixante-quinze.

- Corpulence ?
- Rien à tirer d'intéressant de ce côté-là non plus, il est vêtu d'un épais manteau et, suivant le nombre de couches de fringues qu'il a en dessous, nos estimations seraient plus une source d'erreur que d'information.
- Des signes particuliers ?
- Il semble boiter un peu de la jambe droite, mais rien de sûr.
- Dernière apparition ?
- Le jour du meurtre. Le matin, il est assis à côté d'une poubelle et il tend la main aux passants ; le vigile de la boite lui a refilé un billet. On le perd peu après midi, mais il réapparait le soir. On le voit partir vers la droite de la boite environ un quart d'heure avant que le patron n'en sorte.
- Ensuite ?
- Plus rien, le gus est hors champ de la caméra…
- Donc rien de probant en définitive, conclut Perrini en soufflant
- On a aussi repéré un type qui passe à différentes reprises les jours précédents. En fait, on en a plusieurs.
- Plusieurs personnes ?
- Attendez, je vous explique. Il y a un gars avec une casquette et des lunettes de soleil, un jean, un sweatshirt, un gilet en laine et des baskets. À un autre moment, c'est un type avec un manteau droit au col relevé, un béret, des moustaches, des lunettes de vue, une canne et des chaussures de ville. Enfin, un troisième avec un anorak, une écharpe qui lui couvre le visage, des gants et un bonnet.
- Donc on a trois quidams en réalité.
- Je ne pense pas commissaire. Ils sont de tailles identiques, de corpulence proche et l'allure générale reste la même. Et, vu le soin qu'ils prennent tous à se fondre dans le décor, je suis persuadé qu'on est en présence du même gars, mais avec des tenues différentes. À plusieurs reprises, il passe devant la boite et semble observer quelque chose, puis repart. Quand il

repasse après quelques heures d'absence, il ne porte plus la même tenue. Mais quelques jours plus tard, il réapparait avec les mêmes fringues. Pendant une période, plus rien, puis de nouveau le voilà et toujours habillé comme les fois précédentes.

- Donc, si je comprends bien, le gars regarde quelques dizaines secondes, va se changer et se repointe pour effectuer son petit rituel.

- En fait, il observe un peu plus logntemps que ça, à chaque fois. Soit il s'arrête pour téléponer, soit il refait son lacet ou cherche quelque chose dans ses poches.

- On a quelle durée au final ?

- Je dirai deux ou trois minutes à chaque passage.

- Et donc, ensuite il s'absente plusieurs jours et quand il revient, il recommence son manège.

- C'est bien ça. Et surtout, à aucun moment on ne voit son visage.

- Quels horaires pour ses apparitions ?

- Pas d'horaires précis. Plusieurs fois par jour matin, midi et soir et même jusqu'à la fermeture de la boite et même un peu plus. Il attend que tous les employés soient sortis avant de quitter les lieux.

- C'est intéressant, mais ça ne constitue toujours pas de réelle piste qui nous permettrait d'avancer.

- Non commissaire, d'autant qu'on n'a aucune caméra de surveillance en état de marche sur les autres scènes de crime. La seule exploitable se trouve à proximité des docks, mais trop loin pour que ce soit utilisable.

- Mais je croyais que toute la ville était truffée de ces appareils ?

- Oui, et on a aussi visionné celles des lignes de métro et de bus qui desservent les secteurs concernés, avant et après l'arrivée de notre suspect.

- Et ?

- Comme je vous l'ai dit, pas de reconnaissance faciale possible, alors on doit chercher un peu au pif en essayant de repérer sa silhouette ou ses fringues dans la foule. On pense l'avoir retrouvé sur quelques enregistrements, mais rien de réellement tangible là non plus.

- En conclusion, soit on n'a pas de caméras, soit elles ne fonctionnent pas, soit elles sont trop loin et quand toutes les conditions sont remplies, c'est pour s'apercevoir que notre type est grimé ? C'est bien ça ?
- Oui, c'est un bon résumé. Il n'y a que le clodo qui traine plus longtemps dans le coin, mais je le répète, je parierais que c'est le même homme.
- Imprimez-moi quand même quelques clichés à peu près nets, on ne sait jamais. Et merci quand même pour le temps que vous y avez passé.
- À votre service commissaire.

Perrini raccrocha. Même s'il s'y attendait, ces nouvelles le mirent de fort méchante humeur. Il savait pertinemment que les photos tirées des caméras seraient de piètre qualité, mais il aimait bien garder des traces de toutes ses investigations dans son dossier. Si quelqu'un le reprenait à sa suite, il verrait que les vidéos avaient déjà été épluchées. Le seul point positif, c'est que les gars, qui les avaient visionnées, étaient persuadés qu'un homme avait passé beaucoup de temps, et fait de gros efforts vestimentaires, pour observer la boite de nuit sans se faire repérer ; encore une fois, c'était du travail bien préparé.

Quatre meurtres sans preuves

Laboratoire de la Police Scientifique de Marseille

Émilie, la jeune experte, travaillait depuis le début de la matinée sur l'eau trouvée sur les cadavres. Elle était persuadée qu'il y avait quelque chose à creuser de ce côté-là. Elle récupéra les échantillons conservés au réfrigérateur et utilisa des pipettes à jauge pour extraire dix millilitres de chacun d'eux. Elle les plaça ensuite dans le chromatographe et mit l'appareil en marche. Contrairement à ce que les séries américaines montraient aux téléspectateurs, l'analyse allait durer plusieurs heures.

Elle en profita pour compiler les données reçues des stations d'épuration, retranscrivant chaque information dans un fichier informatique. Elle enregistra un à un les composants chimiques utilisés et leurs taux de concentration. Ce travail se révéla des plus fastidieux, car comme elle l'avait indiqué lors de la réunion, ces données variaient d'une semaine sur l'autre en fonction de la qualité de l'eau en entrée, des conditions climatiques et de l'importance de la demande. En période chaude, le niveau de bactéries et de micro-organismes montait en flèche et en parallèle la consommation faisait de même, surtout dans une région aussi touristique. Les stations étaient toutes dans l'obligation d'augmenter les quantités de produits de traitement ainsi que leur concentration, ou d'utiliser des composés plus agressifs.

Ce n'est quand milieu d'après-midi qu'elle disposa enfin de toutes les informations nécessaires ; dans le même temps, le chromatographe avait afin rendu son verdict. Elle imprima les résultats, puis examina une par une les trois de feuilles crachées par la machine. Elle savait quels composants elle cherchait et il était plus facile de le faire visuellement à partir des courbes de couleur que de devoir les dénicher dans les fichiers informatiques. Ceci lui permit d'éliminer près de quatre-vingt-dix pour cent des fiches. Pour les dix pour cent restants, elle retourna à son ordinateur, chargea les valeurs issues du chromatographe et sélectionna celles qui l'intéressaient. Elle les importa et lança l'opération de croisement de données. Moins de trois minutes plus tard, un tableau de corrélation s'afficha, faisant ressortir en vert celles qui étaient communes et en rouge celles qui présentaient un écart trop important. Il ne restait plus qu'à identifier les points en concordance.

Une chose lui sauta immédiatement aux yeux : des produits chimiques, sans rapport avec le traitement des eaux, se trouvaient présents, et en quantité non négligeable, dans tous les échantillons prélevés sur les scènes de crimes et toujours avec un taux de concentration identique. Le même additif avait bien été utilisé à chaque fois. Il y avait donc bien un lien entre tous ces meurtres. Elle compila ces informations et les expédia par mail, en mode prioritaire, à l'Institut National de la Police Scientifique. Eux seuls disposaient des moyens et des références nécessaires permettant d'avoir une chance de déterminer à quoi pouvaient bien servir ces composants, et qui les employait.

Elle se pencha ensuite sur les cellules rouges ou vertes affichées sur l'écran de son ordinateur, mettant de côté les premières et conservant les secondes. C'était un travail de longue haleine, car il y avait plusieurs centaines de lignes et cela demandait une grande concentration ; en éliminer une à tort pouvait compromettre l'analyse finale. Il lui fallut plus d'une heure pour en arriver à bout. Elle tria les données par date, puis les croisa avec celles des crimes. Pour chacun, il ne restait plus qu'une dizaine de lignes. Le verdict fut immédiat, une seule station d'épuration correspondait à tous les critères et elle ne se trouvait pas dans la région de Marseille, mais à Lyon. Enfin, elle tenait quelque chose de tangible et d'irréfutable !

Elle se dit qu'elle avait eu le nez creux, car, théoriquement, elle ne devait effectuer ces recherches que sur la région PACA. Mais dans les documents qu'elle avait reçus, elle avait découvert qu'un des suspects résidait sur Lyon. Elle avait donc pris sur elle de contacter aussi les stations environnantes de son agglomération.

Au même moment, un mail arriva dans sa boite de réception, il provenait de l'INPS. Elle l'ouvrit, le lut et son visage afficha la déception. Les composants étaient utilisés ensemble dans plusieurs produits industriels, mais en aucune manière dans les proportions indiquées, et aucun de ceux-ci n'était soluble dans l'eau. Un fichier joint contenait d'autres précisions et Émilie dut reconnaître que les conclusions émises par l'INPS étaient justifiées.

Elle sauta sur son téléphone et appela Perrini. Il avait demandé à être immédiatement tenu au courant de toute nouvelle information propice à faire avancer l'enquête. Le téléphone sonna dans le vide, sans réponse. Elle nettoya le matériel qu'elle avait utilisé et le déposa dans le stérilisateur, rangea ses affaires, éteignit tous les appareils et enfila son manteau. Ce n'est qu'alors qu'elle s'aperçut qu'il était plus de vingt heures et que tous ses collègues étaient déjà rentrés chez eux. Tout en débranchant son ordinateur, elle tenta de nouveau de joindre le Commissaire ; le lendemain matin elle avait posé deux heures de récupération pour se rendre chez le médecin, elle aurait tant voulu lui faire part de sa découverte dès ce soir...

"A moins que j'aie le temps de venir faire un saut ici avant mon rendez-vous", pensa-t-elle.

Quatre meurtres sans preuves

31 décembre

Bureau du Commissaire Perrini

Perrini se trouvait à son bureau depuis 7 heures du matin, il avait de la paperasserie en retard. Cela le rebutait au plus haut point, mais avec les nouvelles lois pondues par nos chers députés dans le cadre de la défense des droits des citoyens, il fallait se montrer pointilleux. Un document non remis dans les délais et c'était une affaire qui partait pour un non-lieu. Il était presque dix heures et il était enfin parvenu à se mettre à jour. Une pause avec un bon café lui feraient le plus grand bien.

Il allait se lever lorsque le téléphone retentit. Perrini jura, mais le nom qui s'affichait sur l'écran était celui de la jeune experte qui était brillamment intervenue en lui apportant un indice supplémentaire sur l'eau retrouvée sur les cadavres de l'affaire Julie Vidal.
- Allo, Perrini.
- Bonjour commissaire, je ne sais pas si vous vous souvenez de moi, je suis…
- Oui, je me rappelle très bien de vous mademoiselle, je vous écoute.
- Je vous appelle à propos de l'eau prélevée sur les lieux des homicides et, chose étrange, elle comprend des additifs chimiques qui ne sont pas employés par les stations d'épuration. Je les ai isolés et…
- Et alors ?
- La formule et la concentration de ces composants ne correspondent à rien de connu. Impossible de découvrir quelle utilisation on peut en faire, ni leur provenance, je n'ai rien trouvé.
- Vous avez cherché avec votre fichue informatique ou sur votre Internet ?
- Oui, mais aucun produit fini ne contient tous ses composants avec le dosage que nous avons sur les lieux des crimes.
- Si je comprends bien, vous me dites qu'il y a quelque chose de mélangé à l'eau, mais on ne sait pas ce que c'est ?

- C'est cela Commissaire, même le labo central n'a rien trouvé dans ses bases de données.
- Autre chose ?
- Oui, j'ai ensuite isolé ces composants pour retrouver la formule d'origine de l'eau elle-même, et j'ai comparé ces résultats avec ceux des centrales d'épuration et…
- Vos conclusions, l'interrompit-il de nouveau
- J'en déduis que l'eau ne vient pas de la région de Marseille, mais de la région lyonnaise.
- De Lyon, vous êtes sûre ?
- Oui, c'est de l'eau du robinet de la ville de Lyon.
- Autre chose ?
- Non, rien pour le moment.
- Merci beaucoup, très bon boulot, rappelez-moi si vous dénichez d'autres infos.
- Bien, commissaire.

Il se renversa dans son fauteuil, les yeux dans le vague, oubliant sa pause-café. De l'eau de Lyon, pensait-il, de l'eau de Lyon. Il se retrouvait toujours avec les deux mêmes suspects : le père et le grand-père de Julie. Le premier se rendait fréquemment dans cette ville pour son travail mais, il y avait des preuves, trop de preuves, qu'il n'était pas venu à Marseille. Le second vivait à Lyon et on ne savait rien de ses déplacements ; du coup, il passait en tête de liste, mais cela restait à vérifier.

Quels autres liens y avait-il entre Marseille et Lyon ? La pègre bien sûr, puisque Marseille et Montpellier étaient les deux plaques tournantes qui alimentaient Lyon en came en tous genres. La première recevait la marchandise par bateau en provenance du Maghreb, la seconde via l'Espagne où la législation était plus permissive. Toujours ce fameux axe Paris-Lyon-Marseille, mais en sens inverse. Est-ce qu'un gang lyonnais avait décidé de s'installer dans la cité phocéenne ? Perrini était dubitatif, ce n'était jamais arrivé dans le passé. Ne sait-on jamais, le commerce et le banditisme se faisaient à l'échelle de la planète de nos jours. Mais, il balaya bien vite cette hypothèse, les modes opératoires ne correspondaient pas aux méthodes utilisées pour ce type d'objectif. Il restait persuadé que le lien avec l'affaire Julie constituait la piste à suivre. Le problème était que tout cela ne répondait pas non plus à la question de la présence d'eau sur les cadavres, qu'elle provienne de Lyon ou d'ailleurs. Il sentait que cette information était importante, peut-être même capitale, mais il lui manquait le morceau de puzzle qui faisait le lien entre ces deux villes. Il se mit à réfléchir à haute voix :

- Pourquoi ajouter des produits chimiques dans l'eau pour ensuite la verser sur les corps ? Ils doivent bien avoir une utilité, non de non. Peut-être pour modifier la vitesse de décomposition des chairs et induire les enquêteurs en erreur ? Ou alors, vu que notre meurtrier a laissé ses victimes crever à petit feu, ces composants augmentent peut-être le niveau de souffrance ? Ou bien encore, ils agissent comme une super eau de Javel, et font disparaitre les cheveux et les poils ; ce qui expliquerait qu'on n'en ait pas trouvé sur place.

Quatre meurtres sans preuves

1er janvier

Domicile du Commissaire Perrini

Perrini était de repos pour la journée. Vautré dans un fauteuil de cuir, il finissait de siroter son café. Il avait bien tenté de lire, mais il avait été incapable de se concentrer ; livres, magazines et journaux rien ne parvenait à capter son attention. Il écoutait un CD : la musique du film "Ascenseur pour l'échafaud", son album fétiche. Il datait de plus de cinquante ans, mais n'avait pas pris une ride. Il faut dire qu'on trouvait là tout le gratin du jazz de l'époque Miles Davis à la trompette, Barney Wilen au saxo, René Urtreger au piano, Pierre Michelot à la basse et Kenny Clarke à la batterie ; difficile de faire mieux. Mais son plaisir musical fut interrompu par la sonnerie de son portable professionnel. Il jura à haute voix pour lui-même, coupa le son et décrocha.

- Perrini, j'écoute, annonça-t-il sur un ton sec
- Désolé de vous déranger commissaire, je sais que vous êtes de repos, mais cela concerne l'affaire des quatre meurtres et…
- Allez-y !
- C'est à propos des téléphones portables, on a tracé ceux de la famille de la petite Julie.
- Et ça donne quoi ?
- La grand-mère n'a pas quitté Nantes, le père est en permanence en déplacement en semaine, sur Lyon principalement, mais aussi sur Grenoble, Annecy, Bourg Saint-Maurice, Chambéry… il n'y a que le week-end qu'il reste tranquille sur Valence.
- Aucune incursion plus au sud ?
- Si, deux fois sur Avignon.
- Jamais sur Marseille ?
- Non, commissaire.
- Autre chose ?

- Le grand-père de Julie, lui, il ne bouge pratiquement pas de chez lui. Il ne se déplace que sur de courtes distances et s'enferme des jours entiers dans son appart. Aux dates que vous nous avez communiquées, il bornait chez lui, à Lyon, vingt-quatre heures sur vingt-quatre et sept jours sur sept.
- Du côté des appels reçus ou émis, ça donne quelque chose ?
- Le père ne passe que des coups de fil professionnels à l'exception d'une fois par mois à son père et à sa belle-mère à Nantes. Quant au grand-père on se demande à quoi peut bien lui servir d'avoir un portable ; il l'a acheté récemment, mais ne l'utilise jamais.
- Aucun appel vers la région de Marseille ?
- Non, aucun.
- C'est tout ? demanda Perrini, déçu
- Oui commissaire, désolé de vous avoir dérangé pour rien
- Pas de problème, vous avez suivi mes instructions.
- Et bonne année patron.
- Ah oui, bonne année pour vous aussi, répondit Perrini d'un ton las

Encore une piste qui finissait en cul-de-sac. Le grand-père était également hors course. Il était le seul suspect qui restait en lice, mais il venait de quitter la partie. À tous les coups, il y avait un détail qui leur avait échappé. Il était persuadé que le lien, qui reliait toutes ces informations inexploitables, se trouvait sous ses yeux.

Quatre meurtres sans preuves

3 janvier

Bureau du Commissaire Perrini

Perrini avait convoqué Balma pour une réunion de travail afin de faire un point sur les dossiers en cours. Ils passèrent rapidement sur les affaires courantes, les vols, les agressions, les cambriolages, les cars-jackings et tout ce qui constituait le train-train habituel. Le commissaire voulait aborder celle des quatre meurtres inexpliqués et il devait mettre son adjoint au courant des informations qui avaient été recueillies au cours de la semaine précédente. Les effectifs étant réduits, ce dernier avait quelque peu décroché sur cette enquête.

- Tu en es où, demanda Balma.
- Je n'avance pas et pourtant je suis persuadé qu'on n'est pas loin de la solution. Je suis sûr d'avoir loupé quelque chose et j'aimerais que tu me donnes ton avis.
- Tu me fais un topo de ce que tu as, parce que je suis un peu sur la touche depuis un certain temps.
- On a nos quatre meurtres. De toute évidence, ils sont liés entre eux par l'affaire Julie Vidal et ça ressemble bougrement à une vengeance. Du côté des proches de la gamine, on a la grand-mère, le grand-père et le père. On a un mobile et des suspects, mais pas de preuves.
- Du nouveau sur les lieux de crimes ?
- Non, les pièces à conviction ne nous disent rien ; pas de trace d'ADN, pas d'empreintes, pas de piste à suivre sur leur origine.
- Les caméras de surveillance ?
- On a des gars qui y apparaissent et qui semblent observer ce qu'il se passe autour de la boite de nuit ; leur comportement ne paraît pas naturel. Le collègue, qui a expertisé les vidéos, pense que c'est le même bonhomme qu'on y voit à plusieurs reprises et différents jours, mais en changeant de tenue vestimentaire.

- On peut en tirer quelque chose ?
- Non, son visage est toujours partiellement ou totalement dissimulé et la qualité des images ne permet pas de reconnaissance faciale. Et comble de malchance, certaines caméras des environs étaient hors service.
- On n'arrive pas à tracer les déplacements du type avec celles installées dans les rues ou celles des transports publics ?
- Rien de probant. On ne distingue qu'une silhouette ou un petit morceau de visage plus ou moins flou. Les gars de l'identification n'ont pas pu en tirer quoi que ce soit.
- On a pu récupérer des infos sur les déplacements des proches de la gamine ?
- La grand-mère n'a pas quitté Nantes, le père navigue pas mal pour son boulot, mais jamais au sud d'Avignon, quant au grand-père, c'est à peine s'il sort de son appartement.
- Rien de nouveau sur les lieux des crimes ? Aucun indice ?
- Non, en tout cas rien d'exploitable, juste le sang de la victime dilué dans de l'eau et un mélange chimique qui ne semble correspondre à rien. J'ai eu la jeune scientifique au téléphone et j'ai lu et relu son rapport, rien en dehors du fait que la flotte vient de Lyon.
- Non de Dieu, la flotte, s'écria Balma surexcité
- Quoi "la flotte", demanda Perrini interloqué
- Celle trouvée sur les quatre cadavres, tu me dis qu'elle provient de Lyon, c'est bien ça ?
- Oui et alors ?
- Est-ce que la station d'épuration alimente aussi Valence ?

Ils plongèrent instantanément dans le dossier, recherchant le rapport qui leur fournirait la réponse.

- Là, regarde l'eau provient d'une centrale qui approvisionne uniquement l'agglomération lyonnaise, annonça Balma triomphant
- Le père ne s'est pas rendu dans cette ville au cours des derniers mois, il n'est jamais descendu en dessous de Valence qui ne reçoit pas d'eau en

provenance de Lyon. Donc si l'on croise ça avec notre liste de suspects, on tombe sur le grand-père et sur lui seul !

- Sauf que d'après ce que tu m'as dit, il n'aurait pas bougé de Lyon depuis plusieurs mois, au moins un trimestre.
- Exact.
- Donc, on est de nouveau dans une impasse, constata Balma dépité.
- Je vais demander l'autorisation d'éplucher ses comptes bancaires.

Perrini décrocha son téléphone et donna les instructions en ce sens.

- Et mettez ça en prioritaire, il me faut la réponse rapido.

Il reposa le combiné, un sourire carnassier aux coins des lèvres.

- Tu espères trouver quoi ? demanda son adjoint
- L'achat d'un billet de train, une réservation d'hôtel, un paiement dans une boutique, un retrait au distributeur, n'importe quoi qui pourrait prouver que le papy est venu dans la région quand on pensait qu'il restait tranquillement chez lui.
- Tu ne fais pas la même chose pour le père ?
- Non, la boite qui l'emploie et les clients concernés ont confirmé sa présence aux rendez-vous pour les quatre dates qui nous intéressent. Si on se penche, sur son emploi du temps, sur les temps de route, aller et retour, ainsi que sur les heures des crimes, on est obligé de se rendre à l'évidence : il est impossible de tout concilier.
- Et la grand-mère ?
- Elle est mal en point physiquement, elle a du mal à se déplacer et on a des appels reçus sur son téléphone fixe qui la disculpent pour au moins deux des meurtres. Honnêtement, je ne la vois pas participer aux deux autres.
- Donc on fait quand même tapis sur le grand-père.
- Oui, je mise tout sur lui.

Quatre meurtres sans preuves

Journal Le quotidien de Marseille, 6 janvier

Mais que fait la Police ?

Cela fait maintenant plus de deux mois que des homicides ont été commis sur le patron et un employé de "L'éclair" (une boite de nuit marseillaise) mais l'enquête semble toujours piétiner. Pourtant, d'après nos propres investigations, tous sont liés à une même affaire de meurtre et de viol pour laquelle les protagonistes avaient bénéficié d'un non-lieu lors de leur procès. Leur remise en liberté n'était pas due au motif qu'ils ont été reconnus innocents des faits qui leur étaient reprochés, mais à une erreur de manipulation de preuves ayant entrainé un vice de procédure et la nullité de celles-ci.

Il est étrange que les enquêtes, sur ces assassinats, n'aient toujours pas porté leurs fruits. D'après des sources bien informées, la police n'aurait pas encore réussi à déterminer l'arme utilisée pour les perpétrer. On est bien loin des séries télévisées qui nous présentent des experts capables de solutionner une affaire, en quelques jours seulement, à partir d'un grain de poussière ou d'un cheveu. En l'occurrence, notre police manque-t-elle de moyens ou de volonté ? À moins que des instructions venues "d'en haut" n'aient mis un frein à leurs recherches.

On évoque fréquemment des rapprochements ou des interférences entre le "milieu" marseillais" et les politiques ou certains représentants de l'ordre. Notre belle cité phocéenne serait-elle gangrénée à ce point par la corruption, nous ne pouvons l'imaginer, mais nous aimerions en avoir la preuve !

Quatre meurtres sans preuves

7 janvier

Bureau du Commissaire Perrini

- Enfant de salaud ! Tout est bon pour mettre le discrédit sur la police !
Tout ça pour faire du sensationnel.

Perrini était d'humeur massacrante. Les quelques lignes parues dans la presse locale avaient fait leur effet. Certains amis du patron de la boite de nuit avaient le bras long et les bons contacts. Certains journalistes acceptaient, moyennant finances, de pondre ce que l'on pourrait qualifier de publireportages ou d'articles commandés. Ils recevaient les informations et n'accomplissaient qu'un travail de réécriture et de mise en forme.

Le maire avait alerté le préfet et ce dernier avait convoqué le grand patron de la police marseillaise pour qu'il lui fasse un point sur l'enquête. Là aussi, l'argent permettait de débloquer des situations. Il suffisait de participer financièrement à une campagne électorale, ou d'effectuer un don à la bonne association pour faire passer un dossier sur le dessus de la pile.

L'injonction avait poursuivi son chemin pour terminer son périple sur le bureau du commissaire sous la forme d'une note officielle. Pas question de se contenter d'un simple topo verbal, il devait pondre un rapport complet rappelant les faits, les dates, les lieux et les protagonistes de l'affaire, décrivant le déroulement des recherches et des investigations et expliquant l'absence de résultats probants, c'est-à-dire l'arrestation de l'auteur des meurtres. Il travaillait dessus depuis près d'une heure lorsqu'il reçut par mail, la liste détaillée des opérations financières passées sur les comptes de son principal et unique suspect.

Il ouvrit le message et les premiers mots qu'il lut n'étaient pas faits pour le réjouir.

"Aucune trace de paiements, que ce soit :
-   à des réseaux de transports.

- sur la région marseillaise.
- pour un hôtel ou d'un restaurant sur la période.
- dans des magasins de vêtements ou de sport.
- dans des magasins susceptibles de commercialiser du scotch d'emballage, y compris les grandes surfaces généralistes."

La suite ne valait guère mieux.

"Les retraits en espèces ne sont pas plus fréquents et restent réguliers (un par semaine en moyenne, deux maximum), par contre les montants sont très largement supérieurs sur les derniers mois (500 € à 1000 € par semaine au lieu de 100 €).

cf. la liste exhaustive des transactions".

L'expéditeur y avait joint un fichier informatique contenant toutes les opérations passées sur le compte, sur une période qui commençait six mois avant le premier meurtre. Il allait devoir ajouter cela à son rapport et ça ne parlait pas en sa faveur. Si, comme il le pensait, le grand-père était bien le tueur, il s'était parfaitement organisé pour ne pas laisser de traces. Ce serait on ne peut plus simple de justifier des dépenses supplémentaires en espèces et surtout impossible à localiser.

Il termina donc son rapport et le relut. Il y corrigea quelques fautes d'orthographe et de grammaire. Lorsqu'il l'eut finalisé, il dut se rendre à l'évidence, cela constituait un aveu d'échec. Il n'avait que des soupçons, mais rien pour les étayer, aucun indice valable, aucune preuve. Il appela la secrétaire du grand patron pour fixer l'heure de leur rendez-vous.

Quatre meurtres sans preuves

Journal Le quotidien de Marseille, 20 janvier

Fusillades à Marseille

Deux fusillades ont eu lieu la nuit dernière à Marseille. La première vers 1 heure du matin, à l'entrée du tunnel Prado - Carénage. Selon les premières constatations faites par la police, et les dires des témoins de la scène, un véhicule noir de type BMW a été bloqué par une camionnette tandis que deux hommes sur une moto de grosse cylindrée venaient se porter à sa hauteur. Le pilote a tenu le conducteur en joue pendant que son passager descendait de l'engin un fusil mitrailleur à la main, probablement une kalachnikov. Ce dernier s'est avancé tout en vidant son chargeur à travers les vitres. Les trois occupants de la voiture ont été tués sur le coup.

La seconde a eu pour théâtre, une rue proche du vieux port. Ce sont deux piétons qui ont été abattus à l'arme automatique. En l'absence de témoins, et dans l'attente des premiers résultats de l'enquête, il n'est pas possible de connaître le déroulement exact de cet événement. Entre dix et quinze impacts de balles sont visibles sur le mur de l'immeuble devant lequel ces faits sont survenus.

Point commun entre ces deux affaires, les victimes sont toutes connues de la police pour différents délits – vols, braquages et trafic de stupéfiants – sans qu'il soit possible d'affirmer, à l'heure où nous écrivons ces lignes, si elles sont liées et l'œuvre d'une seule et même équipe.

C'est la troisième fois en moins de trois mois que des faits similaires se déroulent dans la cité phocéenne, neuf assassinats sans qu'aucune inculpation n'ai eu lieu. D'après la Préfecture, "l'enquête progresse et tous les moyens sont mobilisés pour mettre fin à ces agissements". Affirmation pour laquelle nous pouvons valablement émettre des doutes, dans la mesure où, en quatorze semaines il n'y a eu que quelques arrestations et gardes à vue, toutes sans suite.

Michel Parisi, le Maire de la cité phocéenne s'est dit "ému", "attristé" et "inquiet", et a proposé les services de la police municipale pour aider à "traquer et arrêter ces meurtriers qui mettent la ville à feu et à sang".

À l'heure où l'agglomération a signé un contrat avec une grande compagnie de croisières, il est évident qu'elle n'a pas besoin de ce genre de publicité négative. La manne touristique pourrait bien se tarir avant même d'avoir commencé à déverser les flots de dollars et d'euros tant espérés. Plusieurs associations de commerçants ont demandé à être reçues par le premier magistrat de la ville.

Combien faudra-t-il encore de meurtres en pleine rue avant que les moyens nécessaires et suffisants soient mis en œuvre ? Devra-t-on attendre que des innocents soient les victimes collatérales de ces échanges de tirs ? Espérons que la réunion, qui a été organisée d'urgence à la Préfecture, nous apportera des réponses...

CHAPITRE 7 - L'arme sans larme

8 février

Domicile du Commissaire Perrini

Perrini avait pris quelques jours de congé, pour décompresser un peu. Enfoncé dans son fauteuil de cuir, il finissait de siroter son café froid du matin en écoutant avec délectation un vieux vinyle de Weather Report avec Wayne Shorter, Joe Zawinul et le bassiste Miroslav Vitous, les créateurs du groupe. C'était ce qu'on faisait de mieux en termes de Jazz Rock dans les années 70. Le disque craquait un peu sous le diamant de la platine et son antique ampli Marantz avait tendance à crachoter légèrement dans les basses, mais c'était quand même du pur plaisir. La musique alternativement, vive et chaloupée constituait présentement la seule distraction qui l'empêchait de penser à son boulot et de réfléchir aux enquêtes en cours. Il avait enchaîné les deux faces du disque, quarante-cinq minutes de plénitude. Mais les bonnes choses ayant une fin, dès que la dernière note se fut perdue dans l'éther, le naturel revint au galop.

Cela faisait plusieurs longues semaines que lui et son équipe avaient laissé de côté les investigations sur les quatre meurtres sans arme ni coupable. D'autres affaires étaient venues se superposer sur la pile des dossiers prioritaires. Les kalachnikovs étaient de sortie et les règlements de compte à l'honneur, faisant les gros titres et les unes des quotidiens locaux et nationaux. Les grandes radios et les chaînes de télévision s'étaient elles aussi emparées du sujet, et y avaient expédié en toute hâte une armada de journalistes, de reporters et d'envoyés spéciaux. En conséquence, les politiques avaient d'autres chats à fouetter et des événements beaucoup plus graves à gérer. Les instructions étaient claires, il fallait mettre fin à ces fusillades de rue ; c'était la priorité absolue !

L'arme sans larme

Le grand-père de Julie avait été convoqué dans les locaux de la police judiciaire de Lyon pour y être entendu. Mais Perrini avait eu beau lire et relire le rapport qu'il venait de recevoir, il n'y avait rien trouvé de probant. Pourtant, contre l'avis de l'avocat qui l'accompagnait, le vieil homme avait accepté de répondre à toutes les questions qui lui avaient été posées. Il avait justifié les retraits d'argent par des visites répétées au casino Le Pharaon à Lyon, ce que les caméras et les physionomistes de l'établissement avaient confirmé. Ses déplacements étaient extrêmement rares et jamais en dehors de la ville. La demande de perquisition avait même été refusée par le juge faute d'éléments probants pouvant le motiver.

Pourtant, Perrini en était intimement persuadé, cet homme avait, de près ou de loin, participé à ces homicides. Si l'on ne pouvait pas prouver qu'il n'était pas là où il disait se trouver, on ne disposait pas non plus d'informations permettant d'affirmer le contraire. Il n'utilisait ni les services d'une femme de ménage ni ceux d'une auxiliaire de vie, qui aurait pu confirmer sa présence, ou son absence, les jours des meurtres. L'enquête de voisinage n'avait rien donné non plus. Au dire de tous, il était décrit comme un homme poli et discret qui sortait peu de chez lui. Sa présence quotidienne, pendant la période des faits, avait été corroborée par son voisin de palier qui, lorsqu'il passait devant son appartement, percevait la radio à travers sa porte d'entrée ; une durée prolongée de silence l'aurait alerté et si cela avait été le cas, il aurait sonné pour s'enquérir de sa santé. Le facteur n'avait pas souvenir d'avoir trouvé sa boite pleine. Les commerçants du quartier, chez qui il avait ses habitudes, n'avaient pas noté de changement significatif sur la fréquence de ses visites ; une fois toutes les deux semaines environ. La boulangère avait émis l'idée que pour s'éviter des sorties journalières, il devait congeler les deux ou trois gros pains de campagne qu'il achetait à chacune de ses visites.

Puisque son principal, et unique, suspect aimait fréquenter les casinos, il allait lui offrir une partie de poker menteur. Une donne sur laquelle il miserait tout son tapis. Sa seule chance, de parvenir à ses fins, était d'obliger son adversaire à commettre une erreur, à laisser filtrer une information essentielle à la relance de l'enquête. Il était plutôt habile à ce petit jeu-là. Il était passé maître dans l'art de repérer un homme qui ment ou cache quelque chose. Une mimique ou un tic, un trémoussement sur son siège ou le besoin de se déplacer, un poing qui se serre, un raclement de gorge avant de répondre, un regard qui fuit vers le haut ou le bas, la droite ou la gauche, autant d'indicateurs de ce qui se passe dans le cerveau de votre interlocuteur : souvenir, mensonge, image, tension, énervement... Pourtant, il n'avait pas suivi de formation spécifique sur le sujet, mais plusieurs années d'expérience pratique compensaient largement ce manque de savoir théorique.

Après avoir effectué le nécessaire auprès du juge d'instruction, il avait pris rendez-vous avec le grand-père de Julie, à son domicile lyonnais. Il ne lui en avait pas donné le motif, mais tous deux le connaissaient.

L'arme sans larme

15 février

Domicile du grand-père de Julie

Perrini avait voyagé en TGV de Marseille à Lyon. Pendant tout le trajet, il avait relu ses notes, y cherchant en vain pour la énième fois un détail qui aurait échappé à son attention. Arrivé à la gare, il avait abandonné l'idée de prendre le taxi pour parcourir les deux kilomètres qui le séparaient de son point de rendez-vous, préférant marcher et respirer l'air froid et sec qui réveillerait ses neurones. Parvenu à destination, il prit le temps d'observer les alentours afin de connaître l'environnement de son futur interlocuteur. C'était une rue commerçante encadrée par des immeubles bourgeois, mais sans prétention et sans luxe ostentatoire. Rien que sur la centaine de mètres qu'il avait couverte à pied, il était passé devant une boulangerie, une épicerie, un boucher, un marchand de journaux et de tabac, un laboratoire médical, plusieurs médecins, des kinésithérapeutes et deux arrêts de bus. On se serait cru dans un quartier-village de Marseille, sans le côté provençal.

Il allait sonner à l'interphone, lorsqu'une jeune femme sortit, accompagnée de deux enfants en bas âge. Il lui tint aimablement la porte et en profita pour pénétrer dans l'immeuble ; un petit effet de surprise n'était jamais inintéressant. Il délaissa l'ascenseur au profit de l'escalier. C'était une autre de ses vieilles habitudes, comme celle d'arriver quelques minutes en avance au rendez-vous. Il put ainsi parvenir, sans bruit, jusqu'au palier et, après avoir sonné, écouter à travers la porte s'il entendait des pas précipités ou de l'agitation. Mais celle-ci s'ouvrit presque immédiatement sur un homme paraissant plus âgé et plus vouté que sur les photos dont il disposait, mais avec un regard toujours aussi pétillant.
- Bonjour, Monsieur le Commissaire, je vous attendais.
- Bonjour, Monsieur Vidal, je peux entrer ?
- Bien sûr, je vous en prie

Le grand-père de Julie s'effaça de l'ouverture de la porte, tout en faisant signe à son visiteur de s'avancer.

- Comme on vous l'a dit au téléphone lors de la prise de ce rendez-vous, j'ai besoin d'avoir un entretien avec vous.

- Venez vous asseoir, car j'ai le sentiment que cette entrevue va durer un certain temps. Avez-vous fait bon voyage ?

- Oui, très bon, merci.

Perrin ôta sur pardessus, que son hôte pendit au portemanteau du vestibule.

- Je vous débarrasse, proposa le vieil homme en pointant le doigt en direction de la mallette que le commissaire tenait à la main.

- Non merci, je vais la garder avec moi.

Ils s'installèrent tous les deux dans les profonds et confortables fauteuils de cuir marron du salon.

- Je vous offre quelque chose à boire commissaire, un café ?

- Non merci.

- C'est vrai, rien pendant le service.

- Plus tard peut-être.

- Dois-je considérer votre venue comme une visite de courtoisie ?

- Oui et non, disons qu'à titre personnel, j'ai besoin de comprendre. Mais, comme vous le savez, parallèlement je suis mandaté officiellement par la justice pour mener cet entretien. Vous avez également reçu un courrier dans ce sens.

Perrini ouvrit sa mallette, y plongea la main, en sortit une liasse de feuillets, à l'en-tête du tribunal de Marseille et les lui tendit.

- Ce n'est pas utile commissaire, je me doute que votre démarche est effectuée dans les règles de l'art et que vous disposez de tous les documents le prouvant.

- Comme cela vous a été indiqué, vous avez la possibilité d'être assisté d'un avocat. Je n'en vois pas, devons-nous l'attendre ?

- Je n'ai pas besoin d'un avocat, commissaire. Je suppose donc que cette conversation ne restera pas entre nous ?

Perrini plongea la main dans la poche droite de sa veste de tweed et en ressortit un dictaphone qu'il posa entre les deux hommes, sur la table basse en bois.

- Non, je ne peux pas me le permettre. Tout ce que vous me direz sera enregistré.
- Alors, ne m'en voulez pas si mes réponses ne sont pas aussi précises que vous l'espérez, je dois rester prudent. Je vous écoute.

Perrini mit l'appareil en marche puis annonça la date et le lieu de l'audition, son nom, son prénom, sa fonction et l'objet de sa visite, ainsi que les caractéristiques du dossier auquel elle était rattachée, puis demanda à son interlocuteur de s'identifier à son tour. Ces formalités effectuées, l'entretien pouvait officiellement commencer.

- En préambule à ce rendez-vous, vous m'avez fait savoir que vous ne seriez pas représenté par un avocat, souhaitez-vous modifier votre décision ?
- Non, je n'ai besoin de personne pour répondre à ma place. Posez-moi vos questions.
- Très bien. Tout d'abord, je sais que vous êtes l'auteur de ces quatre meurtres.
- Vous au moins vous êtes direct ! Mais il faut être précis ; vous n'en avez que l'intime conviction, sinon vous ne seriez pas là à parler avec moi, vous seriez venu m'arrêter.
- Exact. Je vais donc tourner mes affirmations et mes questions différemment, sans vous accuser formellement.
- Merci, commissaire.
- Pourquoi n'y a-t-il eu que quatre meurtres, à votre avis ?
- D'après mes informations, ceux qui ont été tués se trouvent être ceux-là même qui ont participé directement à l'assassinat de Julie ma petite fille, tout simplement.

- Selon vous, pourquoi celui qui les a commis n'a-t-il rien entrepris envers les autres protagonistes de cette affaire ?
- À qui faites-vous allusion ? Au pauvre gars qui a inversé les prélèvements de cette affaire avec ceux d'une autre. Un bon père de famille, honnête, mais surchargé de travail à cause du manque d'effectif et de repos. Qui peut se targuer de n'avoir jamais fait de bourde dans son activité professionnelle ?
- Mais les conséquences ne sont pas toujours aussi dramatiques.
- Vous porteriez plainte contre votre médecin s'il s'était trompé de diagnostic et n'a pas vu que vous étiez atteint d'une affection grave ou mortelle, n'est-ce pas ?
- Effectivement. Vous êtes malade ?
- Je n'ai pas dit ça, mais je ne suis plus tout jeune et ma vie se trouve derrière moi.
- J'en suis désolé.
- Il ne faut pas, commissaire, la nature est ainsi faite. Compte tenu de l'espérance de vie moyenne, je ne dispose plus que de quelques années à vivre ; un peu moins d'une dizaine théoriquement.
- Vous pensez que le meurtrier est dans le même état d'esprit que vous ?
- C'est possible. Quand il ne nous reste que peu de temps à passer sur cette terre, on se fixe des priorités, on liste les dernières tâches à accomplir, les personnes à revoir, les ultimes plaisirs à assouvir, les affaires à régler ; enfin, tout ce qu'on veut absolument avoir réalisé avant de disparaître. Ainsi, moi-même, j'ai été très occupé pendant ces derniers mois et je suis très satisfait du travail que j'ai mené à bien.
- Mais il y a quand même eu quatre meurtres sanglants !

Perrini ouvrit son attaché-case et en sortit une enveloppe de papier kraft marron dont il vida le contenu sur la table basse. Il y avait quatre photos de cadavres allongés sur le sol. Leurs visages étaient figés dans une expression de douleur, mêlée d'incompréhension ou de désarroi.

- Regardez ces photos et dites-moi ce que vous en pensez, ce que vous ressentez à la vue de ces hommes assassinés, éventrés et baignant dans leur sang.

Son interlocuteur les examina. Perrini observa attentivement les réactions de son interlocuteur ; il détecta, dans ses yeux, une lueur de haine mêlée de satisfaction.

- Je ne vois que des meurtriers.
- Et la sauvagerie des crimes, la douleur, la monstruosité des corps mutilés, tout cela ne peut pas laisser de marbre quelqu'un comme vous.
- C'est horrible, mais je suis persuadé qu'ils n'ont pas souffert autant, et beaucoup moins longtemps, que la jeune femme qu'ils ont violée et torturée. Ces hommes avaient, eux aussi, du sang sur les mains ; et pas seulement celui de Julie. Combien de jeunes gens sont morts en absorbant la drogue dont ils faisaient le commerce ? Combien de femmes ont été psychiquement et physiquement détruites, et réduites à un esclavage sexuel sous leur coupe ? Combien de bons pères, ou mères, de famille ont été financièrement dépouillés par les sombres escroqueries de ces malfrats ? Combien ont été éliminés parce qu'ils entravaient leurs monstrueuses activités ?
- Mais ces assassinats sont quand même contraires à la morale pour quelqu'un de normal et d'équilibré, ce que je ne doute pas que vous soyez, vous-même.
- Tout n'est qu'une question d'éthique personnelle, de motivation et d'opportunité. Celui qui a fait ça devra en répondre devant son créateur et, en ce qui me concerne, je suis athée.
- Revenons aux autres intervenants de notre affaire. Le juge, les avocats, le procureur pourquoi n'ont-ils pas été inquiétés ? Est-ce faute de temps à votre avis ? Etaient-ils sur la liste ?
- Ils n'ont fait que leur travail. Le procureur a mené son enquête avec une efficacité certaine et s'il n'y avait pas eu cette malencontreuse inversion de preuves, nous aurions obtenu gain de cause. Les avocats, eux, sont payés pour défendre leurs clients, ils ont trouvé une faille et l'ont

exploitée, donc rien à redire. Le juge, quant à lui, n'avait alors pas d'autre choix que de constater l'erreur et d'appliquer strictement la loi. Rien qui justifie quelque action de représailles que ce soit à leur encontre.

- Ça se tient, admit Perrini

Le vieil homme se tourna vers lui et le regarda droit dans les yeux, un sourire triste à la commissure des lèvres.

- On aurait également pu vous en vouloir, commissaire.

- Pardon ? Pourquoi moi ?

- Oui, à vous. Si vous aviez mené cette enquête, peut-être les choses se seraient-elles passées autrement.

- Je ne comprends pas.

- C'est vous qui aviez été désigné pour la diriger, mais on nous a fait savoir que vous aviez préféré la refuser, pour ne pas devoir annuler vos congés prévus sur les trois semaines suivantes.

- J'avais oublié ce détail. Comment en avez-vous été informé ?

- Par notre avocat. Il vous tenait en haute estime et a été déçu d'apprendre qu'un autre prenait l'affaire en main. Il était persuadé que si ça avait été vous qui étiez parti à leur recherche, les assassins de Julie se seraient retrouvés, à coup sûr, derrière les barreaux.

Perrini resta silencieux quelques secondes. Il était perdu dans ses pensées, revivant cet événement. Puis il revint à la réalité, au présent.

- Je voudrais qu'on parle des traces laissées par le tueur, ou plutôt, de leur absence. En dehors des empreintes de chaussures, nous n'avons rien trouvé. Pas un cheveu, pas un poil.

- Voyez-vous, commissaire, moi qui suis chauve, je ne perds pas mes cheveux.

Il remonta les manches de sa chemise.

- Je n'ai pas de poils non plus. Je pense que celui que vous recherchez s'était peut-être épilé ou rasé.

- Nous avons, par contre, systématiquement retrouvé le rouleau de scotch utilisé par l'assassin pour ligoter ses victimes. Vous ne trouvez pas qu'il a pris beaucoup de risques en abandonnant un tel indice.
- Avez-vous découvert des éléments, des traces appartenant au tueur sur ces rouleaux ?
- Des fibres de tissus, mais rien de biologique qui nous permette de remonter jusqu'à lui.
- Il lui a donc suffi de se débarrasser de ses vêtements pour effacer tout lien entre le crime et lui.
- Aucune empreinte non plus.
- Il devait porter des gants. Personnellement, j'aurais opté pour des modèles en latex, des épais qui ne risquent pas de se déchirer.

Il se tourna vers la cheminée dans laquelle crépitait un feu de hêtre et de chêne. Il pointa son doigt dans sa direction.
- J'apprécie toujours un bon feu de bois quand le temps est froid et humide, dit-il avec un sourire entendu
- Vous n'y brulez que du bois ?
- Quasiment, sinon cela encrasse le conduit. Mais de temps en temps, j'y jette des choses qui ne me sont plus d'aucune utilité et dont je veux me débarrasser définitivement.
- Ainsi, plus aucune trace…
- Juste un peu de cendres.
- Revenons au ruban adhésif que le tueur a utilisé pour ligoter et bâillonner ses victimes. À chaque fois, il l'a laissé sur place. Pourquoi croyez-vous qu'il nous ait abandonné un tel indice ?
- Vous employez le terme "laissé", vous pensez donc que c'était volontaire de sa part ?
- Oui, car quand on se penche sur le niveau de méticulosité avec laquelle il a préparé et perpétré ces crimes, on ne peut pas envisager qu'il ait pu commettre la même erreur à quatre reprises.

L'arme sans larme

- S'il l'avait ramené chez lui, vous auriez pu l'y retrouver lors d'une perquisition et y découvrir des traces de ses victimes. Comme vous l'avez souligné, on peut y laisser des éléments appartenant à la victime : des empreintes, des cheveux, des morceaux de peau, du sang, des fibres de tissus, et pas seulement sur la partie encollée, mais également sur la bordure. Prenez un simple rouleau de scotch, posez-le sur votre bureau, puis examinez-en le bord ; vous verrez qu'il y a une multitude de "choses" qui y restent collées. Ceci aurait pu constituer un lien entre le suspect et ses victimes, ce qui l'aurait confondu et transformé en coupable. Mais je ne vous apprends rien, n'est-ce pas ?
- C'est vrai, reconnu Perrini
- Le lieu où se trouve la plus grande quantité de particules contenant son ADN, c'est son domicile. En laissant le rouleau de ruban adhésif sur place, il en limitait les manipulations, ce qui évitait d'y déposer des indices qui auraient pu se retrouver sur les victimes suivantes.

Perrini disposa de nouveaux clichés sur la table basse. On n'y voyait que des marques zébrées, de toute évidence celles de semelles de chaussure.
- L'autre indice, qu'il nous a laissé, ce sont des traces de pas, de belles empreintes qu'il n'a apparemment pas cherché à effacer. Qu'en pensez-vous ?
- Le modèle de chaussures est-il particulier ou bien, le trouve-t-on communément en grande surface ?
- C'est un modèle très courant.
- Donc cela ne constitue pas vraiment une preuve, sauf si vous l'aviez retrouvé chez l'un de vos suspects. Et encore, il s'agirait plutôt d'un indice pour être totalement précis.
- Exact.
- Quelle pointure ?
- Du 43, et je sais pertinemment que ce n'est pas la vôtre.

- Je vois que vous ne laissez aucun détail de côté. Admettons que celui que vous recherchez fasse du 41 comme moi, en ajoutant une semelle intérieure et un peu de coton au bout, il aurait été très bien dans du 43. Il lui suffisait d'en posséder plusieurs paires, achetées dans des magasins différents pour ne pas se faire remarquer, et de les détruire après chaque utilisation.

L'idée n'était pas bête, pensa Perrini ; lui-même n'y avait pas songé un seul instant.

- Nous avons également retrouvé sur place de l'eau provenant de l'agglomération lyonnaise, donc potentiellement de chez vous.

- Qu'est-ce que cela vous apporte, en dehors du fait que vous pouvez raisonnablement en déduire que celui que vous recherchez à des attaches dans la région ? Il y a près de cinq cent mille habitants à Lyon, ça fait beaucoup de suspects.

Perrini resta silencieux plusieurs secondes, réfléchissant à la tournure que prenait leur discussion. Il dut se rendre à l'évidence : ce n'était pas lui qui menait le bal. Il éprouvait l'étrange sensation de se retrouver dans un épisode de la série américaine "Colombo" qu'il affectionnait tant dans les années soixante-dix. Elle avait de particulier, que l'on connaissait l'assassin dès les premières images. Généralement, ce dernier fournissait toujours une bonne explication à toutes les questions posées par l'inspecteur.

- Vous savez, que suite à notre petite discussion, je vais reprendre mon enquête en tenant compte de vos remarques ! Ne craignez-vous pas de vous retrouver devant un tribunal ?

- Pourquoi envisager une telle issue ? Parce que vous avez trouvé de l'eau provenant de la zone géographique dans laquelle je réside ?

- Je peux aussi rechercher de traces de vos déplacements. Plein d'essence, billet de train, taxi, paiements chez les commerçants.

- Vous savez très bien que je ne conduis plus depuis plusieurs mois.

- Vous avez toujours la possibilité d'en louer une.

- C'est une possibilité, mais toutes ces dépenses peuvent se régler en espèces et un faux permis est très facile à obtenir. Je doute fort que vous ayez omis de vérifier tout cela. Et puis, qui ferait attention à un vieil homme ?
- Il y a également les caméras de surveillance dans les rues, dans les transports, dans les magasins.
- Certainement, mais je pense que vous avez déjà épluché chaque enregistrement en détail.
- Oui.
- Et que vous n'avez rien trouvé de réellement probant, sinon cela aussi aurait constitué un autre bon motif pour m'arrêter, n'est-ce pas commissaire ?
- Effectivement, admit Perrini, mais nous disposons de caméras dans toute la ville de Marseille et on finira bien par y repérer l'assassin et l'identifier.
- Si celui que vous recherchez a été assez malin, il devait porter un couvre-chef, des lunettes fumées et s'habiller de façon à ne pas attirer l'attention. Je me trompe ?
- Admettons que vous soyez le coupable de ces méfaits et que je découvre une preuve, un petit détail auquel vous n'avez pas pensé…

L'alarme d'un Smartphone se fit entendre, interrompant sa phrase. Le grand-père de Julie éteignit la sonnerie du portable.
- Excusez-moi, mais c'est l'heure de prendre mes médicaments. Je vais me chercher un verre d'eau, je vous en ramène un ?
- Oui, merci, je crois que nous n'avons pas fini de parler tous les deux.

Son interlocuteur, se leva, quitta la pièce et réapparu avec deux verres et une bouteille d'eau. Il fit le service, avala une petite poignée de pilules et de gélules de toutes les couleurs, puis se recala confortablement dans son fauteuil de cuir.
- L'alarme qui vient de se faire entendre en provenance de mon téléphone est un élément de réponse, mais nous y reviendrons…

- Parlons franchement, d'homme à homme. Nous savons tous les deux que vous êtes l'auteur de ces crimes...
- Votre profession vous oblige à utiliser le terme "crime", personnellement j'emploierais plutôt les mots jugements, condamnations et exécutions.
- Si vous voulez, ce n'est qu'une affaire de sémantique.
- Non, Commissaire, c'est une affaire de justice ! Celle des hommes simples qui compensent les manquements de celle de la République.

Le grand-père de Julie parlait lentement, avec calme et sérénité. Il fit une pause de quelques secondes, finit son verre d'eau, se cala confortablement dans son fauteuil. Perrini demanda à aller aux toilettes, s'absenta une paire de minutes et reprit sa place.

Le vieil homme en face de lui se pencha en avant, son regard plongeant dans celui de son interlocuteur. Il murmura plus qu'il ne parla.
- Voyez-vous Commissaire, je ne pouvais pas laisser ce crime impuni. Mon fils non plus d'ailleurs et j'ai eu toutes les peines du monde à le dissuader de faire justice lui-même. Nous en avons longuement discuté tous les deux et il a fini par se rallier à mon point de vue.

Perrini dut faire un effort pour ne pas montrer sa surprise face à ce changement de ton et de discours. Il se pencha lui aussi en avant. Ce qui allait suivre promettait d'être intéressant. Apparemment, le vieil homme avait relâché son attention et parlait comme s'il était celui qui avait commis ces meurtres ; peut-être un effet secondaire des médicaments qu'il venait d'ingurgiter. Il devrait y trouver la moindre faille pour faire avancer son enquête. Il se concentra sur son interlocuteur.
- Commissaire, je vais répondre à toutes vos questions en suspens, sans détour, sans faux-fuyant.
- Pourquoi un tel revirement ?
- Ainsi, j'aurai la certitude que mon fils ne sera pas inquiété.
- Toutes mes questions ?
- Oui, toutes ! Sans exception, avec tous les détails.

- Vous savez que tout ce que j'enregistre pourra être utilisé contre vous lors de mon enquête, puis au tribunal ?
- Oui, commissaire.
- Très bien, reprenons alors.
- Je vous écoute.
- Comment avez-vous pu cacher vos absences à votre entourage ?
- Cela fait plusieurs mois que j'ai modifié ma façon de vivre. Je laisse mes volets entrouverts du matin au soir et même la nuit, je quitte rarement mon appartement et ne vais faire mes courses qu'une fois tous les huit ou dix jours, ce qui justifie que les commerçants chez qui j'ai mes habitudes n'aient rien remarqué. Ce que vous savez déjà, puisqu'ils ont été entendus par la police.
- Ils vous l'ont dit ?
- Commissaire, vous n'êtes pas sans savoir que j'habite le quartier depuis plus de vingt ans, j'en connais tous les commerçants, alors il y a une certaine amitié qui s'est créée entre eux et moi.
- Mais votre voisin a déclaré vous avoir entendu chaque fois qu'il entrait ou sortait de chez lui et qu'il se serait inquiété pour vous si cela n'avait pas été le cas.
- Il y a quelque temps, j'ai acheté trois programmateurs. C'est très simple d'utilisation. Il suffit de les installer sur une prise électrique et d'y brancher un appareil, une radio par exemple. Celle-ci se met en route et se coupe en fonction des plages définies. Le deuxième me servait à allumer et éteindre un lampadaire halogène dans le salon et le dernier ma lampe de chevet. Avec le modèle électronique que j'ai choisi, il est même possible de programmer des horaires différents pour chaque jour de la semaine. Et comme je vous l'ai dit, j'ai également pris soin de ne plus fermer complètement mes volets la nuit.
- Ce qui a induit nos témoins en erreur.
- Mon stratagème a donc bien fonctionné. Par contre, ne cherchez pas ces appareils dans mon appartement, je m'en suis déjà débarrassé.

Perrini consulta une feuille posée sur la table basse ; il y était écrit tous les points qu'il voulait aborder au cours de l'entretien.

- Comment avez-vous fait pour vous rendre sur place ?
- Le train, tout simplement. Des billets achetés dans différentes gares, payés en espèces. Je suis parfois parti de villes dans les environs de Lyon. À une occasion, j'ai fait Lyon-Montpellier, puis Montpellier-Marseille par le train qui relie Bordeaux à Vintimille et enfin j'ai pris un TER. Les gares d'arrivée, indiquées sur les billets, étaient également différentes à chaque voyage. Il suffisait pour moi que le train choisi effectue un arrêt à Marseille à l'aller et à Lyon au retour. J'ai acheté à deux reprises des billets de TGV Marseille - Paris via Lyon.
- Je pourrais vous retrouver grâce à leurs caméras de surveillance !
- Vous ne verriez qu'un vieux monsieur, portant une casquette ou un béret, une écharpe ou un foulard, des lunettes fumées et parfois une moustache ou une barbe de deux semaine. Encore vous faudrait-il me repérer, car je voyageais toujours aux heures de grande affluence. D'ailleurs, je vous connais assez pour pouvoir affirmer que vous avez déjà fait ce travail de recherche, je me trompe ?
- Non. Nous avons épluché des heures de vidéos et…
- Et vous n'avez rien trouvé de concluant, interrompit le grand-père, n'est-ce pas ?
- Vous apparaissez sur certaines d'entre elles, on vous y voit distinctement.

Perrini disposa de nouvelles photos sur la table et les tourna vers son interlocuteur. Celui-ci les examina une à une avec attention et sourit.

- Pas autant que vous le souhaiteriez, ironisa-t-il, on y aperçoit un homme de ma corpulence, au visage partiellement dissimulé, mais cela ne constitue pas une preuve, pas de quoi créer le lien entre lui et moi. Et je pense que vous ne disposez pas d'assez d'informations pour effectuer une reconnaissance faciale.

Perrini fit une moue qui confirmait ces conclusions. Il se revoyait scrutant avec une loupe les clichés les plus nets issus des vidéos, à la recherche d'un indice. Il se ressaisit, se redressa sur son siège et reprit.

- Nous pourrions retrouver ces vêtements dans vos placards.
- Vous arrivez trop tard, ils sont déjà partis en fumée.
- Et sur place, comment vous déplaciez-vous ?
- Parfois en métro ou en bus, mais, le plus souvent possible, à pied. Comme n'importe quel Marseillais. Jamais de taxi.
- Comment connaissiez-vous les emplois du temps de vos victimes ?
- Ces gens-là ont leurs petites habitudes. Ce n'est pas parce qu'ils exercent des professions, ou des activités hors de l'ordinaire, qu'ils diffèrent tant que ça de vous et moi. Ils ont une famille, des amis, des horaires à respecter, des lieux de travail définis, des clients et des fournisseurs, des rendez-vous fixes. Il suffit de les observer assez longtemps. Finalement, ces gens-là sont assez prévisibles. C'est leur suffisance qui les perd.
- Mais cette surveillance risquait de vous faire repérer à la longue...
- Ils ont croisé, ou aperçu, un vieil homme avec une canne, un autre plus fringant habillé en jean, un autre encore avec un chapeau aux bords élimés, un épais manteau et des gants. L'un d'entre eux a même eu la gentillesse de donner un billet de dix euros à un clochard qui trainait épisodiquement dans le quartier depuis plusieurs semaines. Mais pas de faux espoir, je ne possède plus ce billet, je l'ai offert à un vrai nécessiteux.
- Où demeuriez-vous pendant vos repérages et avant de passer à l'action ?
- Dans des hôtels borgnes, ce n'est pas ce qui manque dans cette ville. D'ailleurs, vous devriez conseiller à vos collègues des mœurs et des stupéfiants de venir y trainer de temps à autre ; il y a de quoi faire, de jour comme de nuit. Je peux leur fournir les adresses d'établissements qui ne vous demandent pas de pièce d'identité à votre arrivée et qui ne vous font remplir aucune fiche. Certains vous proposent même, à mots plus ou moins couverts, de quoi passer une bonne soirée : drogue ou prostituée.

- Vous savez qu'avec la géolocalisation des portables, nous serons capables de reconstituer tous vos déplacements de ces dernières semaines avec une précision de quelques mètres seulement.
- Alors, vous découvrirez que le mien était en marche jour et nuit, et pour vous faire gagner du temps, je peux également vous indiquer que vous le situerez dans cet appartement. Je le maintenais allumé, et en charge, à chaque fois que je quittais mon domicile pour être sûr qu'il ne s'éteigne pas.
- Finement pensé.
- Mais cela aussi vous le savez déjà, vous n'êtes pas homme à laisser passer une telle mine de renseignements ; vous un vrai professionnel.
- Merci pour le compliment.
- Vous trouverez aussi des appels faits à mon fils à partir de numéros qui correspondent à des cartes prépayées et, ceux-ci, vous pourrez les localisés à proximité de Marseille et aux dates qui vous intéressent. Par contre, vous n'en retrouverez jamais aucune trace en dehors de cette ville ; ils finissaient toujours dans une poubelle sur place. Et, ça m'étonnerait que les employés des boutiques, où elles ont été achetées en espèces, se souviennent du quidam à qui ils les ont vendues.

Perrini ressentait une certaine satisfaction en entendant les réponses du vieil homme ; elles confirmaient ses propres hypothèses. Mais, en parallèle, il éprouvait un sentiment de frustration, car elles ne faisaient pas avancer son enquête dans le sens qu'il souhaitait.

- Venons-en aux meurtres maintenant. Comment avez-vous assommé vos victimes ?
- Avec un objet contondant, comme vous dites dans vos rapports… quand vous ne parvenez pas à déterminer précisément de quoi il s'agit.
- Et dans votre cas, c'était quoi ?
- Un bâton de glace !
- Pardon ?

- Pas celui d'un esquimau, un gourdin fait avec de la glace vive.
- Comment avez-vous fait ça ?
- Un morceau de tuyau d'évacuation en PVC, de l'eau et un congélateur. D'ailleurs, il m'a fallu en acheter un neuf, car le mien était trop petit.

Perrini ne put dissimuler sa curiosité.

- Précisez, ça m'intéresse fortement.
- C'est très simple en fait. Il suffit de boucher le tube à une extrémité de le remplir, d'attendre un moment que les bulles d'air aient totalement disparu et de refermer l'autre bout en y perçant un petit trou avant de le mettre le plus verticalement possible dans le congélateur. Il ne faut pas oublier ce petit orifice, car l'eau se dilate en gelant et la pression augmente. S'il n'y a pas de trou ou si le bouchon ne saute pas de lui-même pour que le trop-plein s'échappe, c'est le tuyau qui finit par exploser. Cette mésaventure s'est d'ailleurs produite lors de mon premier essai.
- Comment le transportiez-vous ?
- Dans une valise achetée au marché aux puces. À l'origine, elle était destinée au rangement de queues de billard. Il a bien sûr fallu que je l'aménage pour empêcher que la glace ne fonde et que l'eau ne répande à l'extérieur ; ce qui aurait inévitablement attiré l'attention.
- Comment avez-vous fait ?
- Un grand sac en plastique pour éviter l'écoulement d'eau. Pour l'isolation, j'ai utilisé des plaques de polystyrène achetées dans un magasin de matériaux de construction. Je les ai évidées pour leur donner la forme voulue.
- Mais, même avec votre système, la glace ne pouvait pas tenir plusieurs jours sans fondre ?
- Dès mon arrivée, à l'hôtel, je les refroidissait avec de l'azote liquide ; ça se vend, en bombe, dans les magasins de bricolage. Les tests, que j'avais effectués, m'avaient permis d'évaluer que je disposais d'environ trente-six heures avant que mon bâton ne se fragilise. C'est la raison pour

laquelle je partais d'ici moins de dix ou douze heures avant de passer à l'action.

- Mais en les maniant, vous auriez pu laisser des traces, de l'ADN par exemple.

- Peu de danger que cela se produise si aucune partie de votre corps ne se trouve en contact direct. Ce sont un masque et une combinaison de protection intégrale qui sont utilisés pour manipuler des acides dans l'industrie, qui ont fait l'affaire. Pas toujours facile de les dissimuler sous des vêtements plus classiques, j'étais quelque peu engoncé.

- Mais la glace est glissante, vous preniez le risque que votre bâton vous échappe des mains, rétorqua le commissaire

- De simples gants de gardien de but de football ont été parfaits. Ils conçoivent vraiment des trucs fantastiques à notre époque. De mon temps, ils étaient fabriqués en cuir et se transformaient en savonnette dès qu'ils étaient mouillés. Avec ceux de maintenant, en matière synthétique, on a l'impression de disposer de ventouses, c'est surprenant !

- Mais quel diamètre avait votre bâton de glace pour être assez solide pour assommer un homme dans la force de l'âge ?

- Environ cinq centimètres, pas plus, sinon c'est difficile à manipuler. Pour ça aussi il m'a fallu faire plusieurs essais avant de trouver le bon diamètre. Mais le secret n'est pas dans sa taille, mais dans sa composition...

- C'est-à-dire ?

- Dans l'eau que vous avez trouvée sur place, vos chimistes n'ont rien découvert d'autre ?

- Si ! Mais le labo m'a donné les noms scientifiques des différents produits, mais personne n'a été fichu de me dire à quoi ils servaient ni d'où ils provenaient.

- Et pour cause ! Ces éléments chimiques sont utilisés par une société canadienne, qui garde jalousement ses secrets de fabrication. Nos cousins d'Amérique du Nord ajoutent ce produit à l'eau de la glace de leurs patinoires de hockey. Celle-ci gagne énormément en dureté. Tous les joueurs professionnels sont unanimes pour exprimer leur satisfaction quant à la solidité et à la résistance de cette surface.

- Comment vous l'êtes-vous procurée ?
- Tout simplement en passant commande à partir de mon ordinateur connecté à travers un VPN.
- Un VPN ?
- C'est un système que mon fils m'a fait installer sur mon ordinateur ; il masque votre identité et celle de l'appareil, ce qui permet 'effectuer des transactions anonymement. Pour le paiement, il m'a fallu entreprendre des recherches sur Internet, ce qui n'a pas été chose aisée, car je n'y connaissais rien au départ. Mais finalement, j'ai trouvé le moyen de régler par carte bleue via un site spécialisé en Lituanie. On enregistre les coordonnées de sa carte, ils vous transmettent un numéro de carte fictif, on effectue le paiement avec celui-ci, puis on se désinscrit en demandant l'effacement des données personnelles.

Perrini était abasourdi par ce qu'il venait d'entendre ; le vieil homme avait tenu en échec les meilleurs chimistes de la police.

- Et pendant que j'y pense, ne cherchez pas l'ordinateur qui a été utilisé, je l'ai malencontreusement fait tomber dans le Rhône après avoir réduit son disque dur en miettes.
- Et pour la livraison ?
- J'ai donné l'adresse d'un HLM de dix étages du côté de Vénissieux. On vous indique toujours une plage horaire pour le passage du livreur. Il m'a suffi d'attendre, assis sur un banc en bas de l'immeuble, qu'il arrive et dès que je l'ai vu, je suis allé à sa rencontre. Le gars était tellement comptant de ne pas devoir s'attarder dans ce quartier, qu'il m'a remis ma commande sans même me demander de justifier de mon identité ; heureusement, car j'avais donné un faux nom. À l'époque, je possédai encore mon véhicule et le chauffeur a même eu la gentillesse de m'aider à installer les deux bidons de dix litres dans mon coffre.

- Vous savez qu'avec leur fichue informatique, on arrive toujours à retrouver des traces ? C'est juste une question de temps pour remonter jusqu'à la source.
- Oui, mais il va vous falloir effectuer beaucoup de démarches administratives et judiciaires, et les sites ne livreront pas ces informations facilement, car il en va de leur réputation et donc de leurs bénéfices, alors je ne suis pas inquiet. Et, s'ils ont effacé les données de ma carte bleue comme je l'ai demandé, ils n'ont peut-être même plus aucune trace.
- Avec quoi avez-vous tué vos victimes ?
- Avec une sorte de pieu.
- Et lui aussi était fabriqué avec la même glace et suivant un procédé identique ?
- Exact, Commissaire ! Avec l'utilisation d'un fer à repasser pour lui donner une forme pointue, puis un second séjour au congélateur.
- On ne peut pas dire que vous ayez choisi une méthode très efficace. Vos victimes ont agonisé pendant de longues minutes.

Le grand-père prit quelques secondes avant de répondre, puis rétorqua avec un mélange de colère et d'émotion dans la voix, les yeux soudain embués.
- Trop peu de temps à mon gout ! Vous n'êtes pas sans savoir le calvaire que Julie a enduré.
Il prit deux profondes respirations pour se calmer et poursuivit.
- Le viol et le meurtre ont duré plus d'une demi-heure d'après le médecin légiste. Eux n'ont souffert qu'une dizaine de minutes.
- Comment un homme comme vous, a-t-il pu supporter ça ?
- Vous savez, commissaire, on ne peut jamais deviner comment les gens réagissent face au danger, à la peur, à la mort, à la souffrance. Je voulais les voir crever à petit feu. Lorsque je lisais de l'incompréhension ou une interrogation dans leur regard, je leur disais seulement "rappelez-vous de

Julie Vidal". Ils réalisaient alors ce qu'il leur arrivait et pourquoi. J'avais fait une promesse, je l'ai tenue.

- Mais ce sont bien des crimes que vous avez commis !

- Oui, et aujourd'hui je ne vaux pas beaucoup plus que ces assassins… c'est pourquoi je n'en tire pas de véritable satisfaction ; juste celle du devoir accompli.

Il y eut comme un flottement entre les deux hommes.

- Si vous le permettez, j'aurais moi-même une question à vous poser.

- Allez-y, je vous écoute

- Comment avez-vous retrouvé ma trace ?

- Grâce à l'eau.

- Ah oui, l'eau. Vous avez évoqué ce point tout à l'heure.

- Celle que vous avez utilisée pour fabriquer vos armes et dont nous avons retrouvé la trace sur place. Les centrales d'épuration traitent les eaux usées en fonction du débit, de leur qualité, de la température extérieure et d'autres paramètres. Certaines emploient des méthodes différentes ou ajoutent des produits chimiques assainissant spécifiques. À techniques équivalentes, l'écart entre deux centrales se trouve dans leur dosage et dans la composition de l'eau en fin de cycle. Elles effectuent des prélèvements plusieurs fois par jour, les analysent et en stockent les résultats quotidiennement. En croisant ces données, avec celles issues des prélèvements réalisés sur les victimes, on en a déduit que l'eau provenait de la région lyonnaise. Ensuite, cela a été un jeu d'enfant, car il se trouve que vous êtes le seul protagoniste de cette affaire à vivre par ici.

- Je n'avais pas pensé à ce détail. Pour moi, il n'y avait aucune différence d'une ville à l'autre.

- Nous non plus, c'est ce qui a retardé l'avancée de l'enquête.

- Heureusement, sinon je n'aurais peut-être pas eu le loisir de mener l'entièreté de ma mission à bien.

Le grand-père de Julie avait terminé son récit, le commissaire s'interrogeait sur ce qu'il allait lui dire. C'est ce dernier qui rompit le lourd et assourdissant silence qui s'interposait entre eux. Il utilisa un ton qui se voulait officiel.

- Vous savez que tout ce que vous m'avez révélé aura valeur de preuve devant un tribunal ? Vous vous rappelez que toute notre conversation a été enregistrée.
- Vous croyez, demanda le grand-père avec une pointe d'ironie
- N'oubliez pas que je suis assermenté…
- Désolé de vous décevoir, mais votre dictaphone est éteint.

Perrini attrapa l'appareil, la petite diode rouge était passée au vert, signifiant que celui-ci était prêt à démarrer un enregistrement, pour peu que quelqu'un appuie sur le bouton adéquat.

- Je me souviens l'avoir mis en marche, c'est donc vous qui l'avez coupé !
- Oui, lorsque vous êtes allé aux toilettes, répondit le vieil homme, un grand sourire aux lèvres
- C'est pour cette raison que vous êtes devenu soudain si prolixe. Si vous êtes physiquement fatigué, votre esprit reste alerte, semble-t-il.
- Voyez-vous commissaire, je n'ai aucune intention de me retrouver devant un juge. Si j'ai avoué tout ce que j'ai fait aussi facilement c'est, effectivement, parce que j'avais pris le soin de couper l'enregistrement.
- Finement joué.
- C'est que depuis quelques mois, j'ai appris à tout réfléchir, tout calculer, tout prévoir, tout anticiper ; c'est devenu une seconde nature.
- Mais grâce à tous les détails que vous m'avez donnés, je vais reprendre mon enquête et je finirai bien par découvrir une faille, malgré le luxe de précautions dont vous avez fait preuve.
- Je sais.
- Mais vous n'en semblez pas affecté pour autant.
- Non ! Je pourrais même vous aider à en trouver, vous orienter sur des pistes, que cela ne changerait rien pour moi.

- Je croyais que vous ne vouliez pas vous retrouver devant un tribunal. Si je découvre les éléments qui me manquent, vous serez présenté à un juge !
- À votre avis, combien de temps s'écoulera-t-il avant que je sois inculpé et écroué ?
- Je ne sais pas. Quelques mois au moins.
- Alors c'est plus qu'il ne m'en faut.
- Pourquoi ? Vous envisagez de quitter la France pour vous soustraire à la justice ?
- Ce n'est pas la France que je vais quitter, Monsieur le Commissaire, c'est ce monde !
- Je ne vous imagine pas vous suicider.
- Qui parle de suicide ? Je vais partir de mort... naturelle.
- Vous êtes malade ?
- Mourant pour être plus précis. Vous voyez ces piles de boites de médicaments sur la table de la salle à manger ? C'est ce qui me permet de tenir depuis la fin de l'été, quand on m'a annoncé que j'étais condamné. Mais depuis que j'ai terminé ma... mission, je n'en prends plus qu'une partie. Le traitement que je suivais était contraignant et fatiguant. Une pleine poignée de pilules, de gélules à avaler toutes les deux heures, juste pour prolonger mon agonie de quelques semaines. Je me contente maintenant des antidouleurs et des somnifères. À ce propos, comment se portent les chiens de la casse auto ? Ils n'ont pas eu de problème de réveil ?
- Ils allaient bien jusqu'à ce qu'ils se jettent sur les deux gardiens de la paix qui se sont présentés sur les lieux. Ces derniers ont dû faire usage de leurs armes.
- J'en suis fort contrit, ils ne méritaient pas ça.
- Mais pour quoi vous soignait-on ?

- Un cancer du pancréas. Mais la chimiothérapie n'a pas pu empêcher celui-ci de métastaser. D'autres organes sont atteints et je n'ai plus aucune chance de m'en sortir.
- Combien de temps vous donne-t-on à vivre ?
- Quelques semaines, trois mois au maximum d'après les médecins.
- J'en suis désolé.
- Il ne faut pas commissaire. Cette saloperie a été une bénédiction pour moi.
- Comment ça ?
- Je n'avais plus d'objectifs, plus de perspectives de vie, plus l'envie et la force de réaliser mes rêves. Sauf celui de venger Julie. La chimio m'a fait perdre mes cheveux et mes poils, des indices que vous avez cherchés en vain. Elle m'a permis également de me libérer l'esprit. Je ne craignais plus la prison, je n'avais pas à penser à ce qui m'arriverait après mes actes. Je n'avais alors plus qu'une obsession en tête, celle d'avoir exécuté ces quatre salauds avant que la police ne remonte jusqu'à moi.

Il effectua une pause, avala une nouvelle rasade d'antalgiques.
- J'ai pu disposer de tout le temps et de toute la liberté de réflexion nécessaires avant d'assouvir cette vengeance. Plus rien d'autre n'avait d'importance. Voyez-vous, commissaire, finalement, je suis un homme chanceux d'une certaine manière.
- Qu'allez-vous faire maintenant ?
- Mon fils et moi, nous allons nous recueillir sur la tombe de Julie.

Son regard se fit vide et lointain, comme s'il voyait au-delà du monde des vivants.
- Ensuite, je relirai quelques romans pour m'occuper jusqu'à ce que la mort vienne me délivrer. Si j'en ai le temps, bien sûr… Ils m'attendent sur le guéridon qui est là.

Le vieil homme sembla soudain las, fatigué, usé… Pendant les derniers mois, il n'avait tenu le choc, que grâce à la motivation qu'il avait de venger sa petite fille. Cet entretien y avait mis un point final. Il avait accompli sa mission, il s'était confessé, il en avait fini de ce cauchemar ; fini de tout cela et de sa vie. Il n'aspirait plus qu'à achever son existence dans le calme, loin des hommes et de leurs turpitudes. Il se sentait vidé de toute émotion, de tout sentiment, de toute énergie.

Il releva la tête, son regard était empli de tristesse.
- En avons-nous terminé ? demanda-t-il dans un soupir
- Oui, répondit Perrini d'une voix douce et apaisante
- Serons-nous amenés à nous revoir ?
- Pas dans l'immédiat, je ne voudrais pas troubler votre lecture. Je vais reprendre mon enquête, mais je croule sous les dossiers en cours et je ne crois pas que j'aurai besoin de vous convoquer avant... plusieurs semaines.
- Merci commissaire.

Le grand-père de Julie s'apprêtait à se lever pour le raccompagner ; recroquevillé dans son fauteuil, il paraissait avoir pris dix ans d'un coup. Perrini l'arrêta du geste.
- Ne vous dérangez pas pour moi, je connais le chemin.

Le commissaire Perrini récupéra son dictaphone, les papiers et les photos qui s'étalaient sur la table du salon, les rangea soigneusement dans sa mallette, se leva et serra la main de son interlocuteur. Il y avait trop de chaleur dans la poignée de main qu'ils échangeaient. Mais c'était celle de l'homme, pas du flic et celle d'un grand-père, pas d'un assassin...

Il s'apprêtait à quitter la pièce, mais s'arrêta pour jeter un coup d'œil aux livres empilés sur un guéridon. Parmi ceux-ci figuraient "le vieil homme et la mer" d'Ernest Hemingway, "le grand secret" de René Barjavel, "l'arrache-cœur" de Boris Vian et "15 minutes de plus" de Jean Pascal Caussard. Perrini sourit intérieurement, ces romans possédaient tous un rapport plus ou moins direct avec cette affaire, avec ce vieil homme qui, dans le plus grand secret, avait mené un combat à mort et tué ses victimes avant de mourir lui-même…

Le commissaire Perrini attrapa son manteau dans le vestibule, sortit de l'appartement, ferma la porte avec précaution, sans bruit, pour ne pas troubler la pesante quiétude qui emplissait l'atmosphère.

EPILOGUE

Dans le train qui le ramenait à Marseille, il sortit le dossier et commença à noter tous les éléments qui seraient à reprendre et à contrôler. Il y en avait un bon paquet :

Contacter le fabricant du produit solidifiant pour la glace.

En confirmer la présence dans l'eau retrouvée sur les cadavres.

Vérifier que le type d'armes utiliser concorde avec les constatations du légiste.

Retrouver des preuves d'achat des cartouches d'azote liquide.

Contacter la société de livraison et interroger le livreur.

Retrouver les hôtels où il avait séjourné.

Il en remplit ainsi une double page ; plusieurs semaines de boulot en perspective.

Il s'interrogea ensuite sur la suite à donner à cette enquête. Il pouvait de nouveau obliger le vieil homme à comparaitre et, grâce aux informations que celui-ci lui avait révélées, et aux nouvelles preuves qu'il ne manquerait pas de trouver, il savait qu'il parviendrait à lui faire avouer officiellement ses crimes. On retrouverait l'entreprise canadienne qui commercialise le produit durcisseur de glace, puis le livreur, peut-être des éléments de la transaction financière. Les chimistes en découvriraient à coup sûr des traces dans le congélateur ou sur le revêtement en béton du sous-sol. Il disposerait d'assez de preuves pour que le procureur décide d'engager des poursuites. Perrini aurait enfin bouclé son enquête, il aurait la satisfaction du devoir accompli. Le dossier passerait alors entre les mains des juges, la suite ne le regarderait plus.

Il revint à la réalité lorsqu'une voie douce et feutrée annonça que le TGV arrivait en gare de Marseille, terminus du train.

Avant de ranger ses affaires dans son attaché-case, il sortit son stylo, détacha un post-it jaune fluo qu'il colla sur la pochette et y écrivit en gros caractères :

129

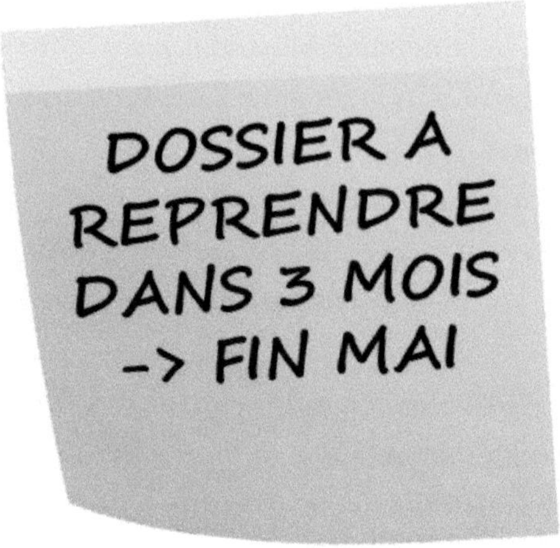
DOSSIER A
REPRENDRE
DANS 3 MOIS
-> FIN MAI